collection
*Archi*MAGINAIRE

dirigée par Hervé Milhau

Le Secret du professeur Croquet

DU MÊME AUTEUR

Le Café des méchants (illustrations : Jean-Louis Felicioli),
  Magnard, 2005.

Edgar Flanders, détective de l'étrange, Le Seuil :

  Les Crimes de la momie, 2004.
  Les Vampires de Gand, 2004.
  La Princesse venue d'ailleurs, 2005.
  La Guerre des sorciers, 2005.
  Les Démons de l'Olympe, 2006.
  Le Sorcier sans visage, 2006.
  Les Vampires de l'Apocalypse, 2007.

NOËL SIMSOLO

Le Secret du professeur Croquet

roman

l'Archipel

www.editionsarchipel.com

Si vous souhaitez recevoir notre catalogue et
être tenu au courant de nos publications,
envoyez vos nom et adresse, en citant ce livre,
aux Éditions de l'Archipel,
34, rue des Bourdonnais 75001 Paris.
Et, pour le Canada, à
Édipresse Inc., 945, avenue Beaumont,
Montréal, Québec, H3N 1W3.

ISBN 978-2-8098-0205-4

1

LE TUEUR D'ENFANTS

L es rayons du soleil couchant ensanglantaient le ciel de Montmartre.

Dans une mansarde crasseuse, Jérôme tremblait de peur et de froid. Il recroquevilla son corps d'enfant et plaqua les mains sur ses oreilles pour ne plus entendre le bruit terrible des longs couteaux que son ravisseur aiguisait en fredonnant « Plaisir d'amour ». Vacillante sous le souffle du vent passant sous la porte, la flamme d'une bougie projetait au plafond l'ombre de l'homme à la barbe noire qui avait abordé Jérôme un peu plus tôt, alors qu'il admirait les voitures de pompiers dans la vitrine d'un marchand de jouets de la rue Tholozée.

— Tu sais que c'est moi qui fabrique ces autos, lui avait dit l'adulte.

Bien que sa mère lui défende de répondre aux inconnus, le gamin avait engagé la conversation avec le barbu à la voix douce.

— Elles sont très belles.

— Tu aimerais en avoir une ?

Jérôme baissa les yeux en soupirant.

— Maman dit que c'est trop cher, même comme cadeau d'anniversaire.

— Tu as quel âge ?

— J'aurai dix ans le mois prochain… en décembre.

— Est-ce que tu travailles bien à l'école ?

— Je suis dans les cinq premiers.

L'homme regarda autour de lui et aperçut un vieil aveugle qui mendiait sur les marches du cinéma Studio 28.

Il posa une main légère sur l'épaule de l'enfant.

— Si tu viens à mon atelier, je t'en offre plusieurs.

Incapable de résister à cette proposition, Jérôme suivit le barbu jusqu'au dernier étage d'une maison en ruine dans le haut de la rue Lepic.

Et maintenant, il était prisonnier du monstre…

L'adulte vérifia le tranchant de la lame des couteaux et lui sourit :

— C'est parfait. Tu n'auras pas le temps d'avoir mal, mon garçon !

Il approcha de sa victime.

— Vous êtes un ogre ? balbutia Jérôme.

— Non. Manger les enfants, moi, ça ne me dit rien. Mais je les tue.

— Pourquoi ?

Le ravisseur éclata d'un grand rire effrayant qui fut couvert par le fracas d'une vitre volant en éclats sous le choc des bottes d'Adrien Destouches.

— À nous deux ! cria le nouveau venu.

L'assassin protesta :

— Mais de quoi vous mêlez-vous ?

Un uppercut à la pointe du menton lui fit perdre connaissance.

— Il a son compte, dit le sauveur à l'enfant. Je suis arrivé à temps.

Jérôme le vit se pencher par la fenêtre détruite et crier :

— Vous pouvez venir prendre la livraison.

— Qui es-tu ? demanda le petit garçon.

— Un détective qui t'a tiré d'un mauvais pas.

Il passa des menottes au barbu inanimé.

— Comme Sherlock Holmes ? s'exclama le gamin.

— Si tu veux…

Adrien examina les couteaux de boucher.

— Tu l'as échappé belle. À l'avenir, n'écoute plus les inconnus…

— Je vous le promets.

Des policiers investirent les lieux, sous la direction du commissaire Cyprien Grenier.

— Bon travail, mon cher Destouches, s'exclama ce dernier en reprenant difficilement son souffle. Nous avons mis fin aux crimes de cet ignoble tueur. Mais pourquoi avoir escaladé la façade alors que nous pouvions tous prendre l'escalier pour venir le surprendre…

— Il aurait entendu nos pas et se serait échappé par les toits.

— Pas pour longtemps. Nous l'aurions coincé plus tard puisque vous l'aviez identifié. J'aurais lancé ma brigade à ses trousses et ce Vladimir Pérille aurait vite été capturé.

— Sauf qu'il pouvait égorger le gosse avant de s'enfuir, fit remarquer le détective.

— Je n'avais pas pensé à ça, bredouilla le policier.

— Il est vrai qu'il est difficile de penser lorsqu'on n'en a pas l'habitude.

— Comme vous avez raison, répondit machinalement le commissaire.

L'assassin revint à lui et rugit de colère.

— Vous m'avez empêché de terminer ma série ! Ce petit garçon allait être ma septième victime. Ensuite, je serais passé aux adolescents, puis aux adultes et ensuite aux vieillards. C'est ma mission. Le Seigneur tout-puissant guide mes actes. Il va certainement vous punir… Moi, je vais aller au paradis. Et vous, vous brûlerez en enfer. C'est bien fait…

Cyprien Grenier l'empoigna par le col de sa veste.

— Tu simules la folie pour échapper à la guillotine.

— Pas du tout… D'ailleurs, je suis Napoléon…

Le commissaire leva les yeux au ciel.

— Quel métier !

— Puisque je vous dis que je suis Napoléon, ricana l'assassin.

— Mais tu vas finir comme Louis XVI. La tête coupée. Emmenez-le.

L'inspecteur Roger Valin exécuta l'ordre de son supérieur.

— Il faut ramener ce gosse chez lui, intervint Adrien.

— J'habite rue des Saules, déclara l'enfant.

— Prenons ma voiture. Nous irons dîner ensuite. Je vous invite, Cyprien, mais pas un mot de mon intervention à la presse et dans votre rapport. Je vous laisse tout le mérite de cette arrestation. Comme d'habitude.

— Vous me gênez, mais c'est bon pour mon avance-ment. Sans vous…

Le détective l'interrompit.

— Trêve de bavardage. Les parents de ce môme doivent se faire un sang d'encre. Dépêchons-nous de les rassurer.

Ils descendirent les escaliers délabrés de la maison, débouchèrent dans la rue Lepic et marchèrent jusqu'au cimetière Montmartre.

Une froide pluie de fin novembre commençait à tomber sur la ville.

Le vent soufflait de plus en plus fort.

— La belle bagnole ! s'exclama l'enfant en découvrant l'Hispano Barcelona rouge dont Adrien ouvrait déjà la portière.

— Monte à côté de moi, lui dit le détective.

— Ne roulez pas trop vite, supplia le policier. J'ai le cœur fragile…

— Quel froussard ! cria Jérôme.

2

LE MYSTÉRIEUX CORENTIN

Tandis que le commissaire remettait le petit Jérôme à ses parents, Adrien attendait au volant de sa belle automobile.

Il était satisfait d'avoir mis fin à la carrière du meurtrier qui avait égorgé six enfants et abandonné leurs cadavres aux quatre coins du quartier.

La série avait commencé en septembre de cette année 1930.

Le gouvernement était intervenu pour que les journaux n'en parlent pas, de peur que les habitants de Montmartre cèdent à la panique.

Incapable de lever une piste qui permette l'arrestation de cet assassin en série, Cyprien Grenier s'était décidé à demander l'aide d'Adrien Destouches. Le détective commença son enquête par l'examen des corps égorgés. Ayant remarqué que le coupable maniait le couteau à désosser avec la dextérité d'un professionnel, il convoqua Lulu la Biche pour qu'elle ordonne à ses amis de la pègre de surveiller tous les bouchers du XVIII\ensuremath{^e} arrondissement. Une tentative avortée d'enlèvement d'un gamin à la sortie du métro Blanche aiguilla les soupçons sur Vladimir Pérille qui tenait une échoppe de viande chevaline au milieu de la rue Houdon. L'organisation des mendiants de Pigalle assura sa filature et, à la fin de cet après-midi du 27 novembre, Jojo la Chouette, un faux aveugle, vit le suspect qui abordait le petit Jérôme devant le magasin de jouets de la rue Tholozée. Il les suivit discrètement jusqu'à la maison de la rue Lepic et prévint l'un de ses collègues pour qu'il avertisse le détective. Adrien se rendit sur les lieux en compagnie de la police et gravit la façade pour empêcher le pire.

Ce n'était pas la première fois qu'il se mettait ainsi au service de la loi, mais il refusait toujours que son rôle apparaisse dans les rapports officiels.

Cyprien Grenier bénéficiait donc de ses réussites et recevait les éloges de sa hiérarchie, qui s'étonnait tout de même de si brillants succès de la part d'un fonctionnaire longtemps connu pour son crétinisme dévastateur.

Les larmes aux yeux, le commissaire sortit enfin de la maison de la rue des Saules et rejoignit le détective en courant.

— La joie de ces parents à retrouver leur bambin sain et sauf ! Je n'ai pas pu me retenir de pleurer.

— Vous avez toujours faim ?

— Et comment… Mais ne roulez pas trop vite. Avec cette pluie…

L'Hispano Barcelona rouge traversa Paris à une allure raisonnable.

— Vous n'avez toujours rien de nouveau en ce qui concerne le décapiteur de femmes rousses du

IXe arrondissement ? s'enquit le commissaire quand le véhicule s'arrêta devant La Coupole.

— Je n'ai aucune information pour l'instant, répondit Adrien en confiant les clés de son automobile au voiturier.

— Moi non plus, avoua Grenier. Cette enquête piétine… J'espère que vous m'aiderez à mettre la main sur ce fou sanguinaire…

Ils entrèrent dans la brasserie.

Le maître de rang reconnut Destouches et s'empressa de l'installer dans le fond de la salle.

Les deux hommes dévorèrent des pieds de cochon avec un bel appétit.

— Et vos autres enquêtes, elles avancent ? demanda le détective.

— Cher ami, je suis sur la piste de Corentin.

— L'insaisissable cambrioleur qui redistribue tout son butin aux victimes des spéculateurs qu'il dévalise ?

Cyprien poussa un grognement.

— Je sais que la presse le compare à Robin des Bois…

— Il s'attaque aux banquiers véreux, aux patrons d'usine qui débauchent à tour de bras, aux escrocs de la haute finance, aux industriels des colonies qui laissent crever de faim les ouvriers indigènes et aux infâmes propriétaires qui louent des lieux insalubres à des pauvres.

— Oui, il est un héros aux yeux de la population. Un justicier moderne ! Mais, pour moi, un voleur est un voleur. Et je lui passerai les menottes !

Le détective esquissa un sourire moqueur.

— Corentin ne laisse jamais d'indices ni d'empreintes. Juste sa signature tracée sur le mur de ceux qu'il cambriole. Et personne ne l'a jamais vu.

Son interlocuteur vida d'un trait son bock de bière et poussa un soupir.

— Je reconnais que le bougre est très fort. Il commet ses larcins quand les lieux sont vides et semble connaître jusqu'aux moindres habitudes des occupants. Et ce n'est pas tout : jamais d'effraction. Les portes s'ouvrent d'elles-mêmes devant lui ! Aucun coffre-fort ne lui résiste. Ça dure depuis des années...

— Que disent les gens auxquels il rend l'argent dérobé ?

— Là aussi, ce bonhomme est habile. Il fait déposer les sous chez les victimes dans une enveloppe et y ajoute l'argent des voleurs ou des escrocs. Souvent, ces aigrefins retirent vite leur plainte pour éviter de devoir répondre à la justice.

— À moins qu'ils ne bénéficient de protections en haut lieu... par corruption...

— Possible... Mais moi, je vais l'arrêter, ce Corentin !

— Ce serait un coup d'éclat.

Le commissaire baissa soudain la voix.

— Adrien, vous ne pourriez pas m'aider à le prendre sur le fait ?

Destouches appela un vieux vendeur de journaux qui zigzaguait entre les tables et lui acheta *Paris Monde Soir*.

— Voyons ce que raconte la dernière édition de mon quotidien préféré... La condamnation à mort de Georges Loos par le tribunal de Versailles... Des voix qui s'élèvent dans le monde entier à la suite de la nouvelle arrestation de l'hindou Gandhi par les Anglais... Le durcissement de la crise économique en Italie en conséquence du krach boursier de Wall Street...

— Vous ne m'avez pas répondu, Adrien.

Le détective déplia le journal et fronça les sourcils.

— Reportage de Felix Pruneval sur le plan quinquennal de Staline en Union soviétique. Disparition des libertés individuelles en Italie fasciste. Un article de mademoiselle Natacha Berger sur les SS qui assurent dorénavant la police au sein du parti national-socialiste de M. Hitler en Allemagne…

— Alors ? Pour Corentin ?

Destouches continua imperturbablement à lire les titres des articles.

— Sortie du film *L'Âge d'or* de Luis Buñuel et Salvador Dalí au Studio 28.

Cyprien Grenier perdit patience.

— C'est oui ou non ?

Adrien referma le quotidien et fixa le commissaire dans les yeux.

— Corentin a-t-il commis des crimes de sang ?

Une voix féminine se fit entendre derrière eux.

— Jamais.

Ils levèrent la tête vers la jolie jeune femme brune.

— Mais c'est Natacha Berger ! s'exclama le détective. Depuis quand êtes-vous rentrée de Berlin ?

— Je suis arrivée ce matin, répondit la journaliste.

Le policier la foudroya du regard.

— Vous êtes la bonne femme qui défend Corentin dans ses articles.

— Exactement. C'est un héros, ce voleur. J'aimerais beaucoup le rencontrer pour obtenir une interview, monsieur le commissaire.

— Moi, je rêve de l'arrêter, rétorqua Cyprien. D'ailleurs, c'est presque fait.

— Vous connaissez sa prochaine cible ? s'étonna la jeune femme.

— Non, mais j'ai du flair. Je sens un bandit à cent pas. Il est fichu…

— C'est une affaire où vous allez être bien seul, déclara Destouches.

— Et si vous arrêtez notre Robin des Bois, toute la France sera contre vous, ajouta Natacha Berger avant d'aller rejoindre un groupe de jeunes noceurs qui soupait à une autre table.

— Pourquoi ne pas m'aider ? demanda le policier quand la jeune femme fut suffisamment loin pour ne pas les entendre.

Adrien lui sourit.

— Mon ami, je ne m'attaque qu'aux assassins et aux malhonnêtes. Et Corentin n'a jamais tué, et n'a fait que voler des bandits, que je sache. Alors, ne comptez pas sur moi.

3

FACE-À-FACE DANS LA NUIT

Adrien gara l'Hispano dans la cour de son hôtel particulier du quai Voltaire. L'ascenseur hydraulique le déposa au second étage.

Il fronça les sourcils en découvrant Cédric qui lisait *L'Épatant* tout en suçant un bâton de réglisse.

— Tu n'es pas encore couché ?

L'adolescent sursauta.

— Je vous attendais pour savoir si le tueur de mioches était embastillé.

Destouches se laissa tomber dans un fauteuil de cuir rouge.

— Ce criminel est entre les mains de la police.

Le gamin se frotta les mains.

— Bien fait pour sa pomme à cette gueule d'anchois…

— Surveille ton langage.

— J'essaie, mais ce n'est pas de la tarte quand on n'a pas connu l'école.

Le détective regarda l'heure à la pendule.

— Une heure du matin. Va dormir.

— J'allais oublier de vous dire que Lulu est venue porter cette lettre.

Adrien prit la missive.

— Au lit, mon petit gars.

Cédric quitta la pièce en traînant les pieds.

Destouches décacheta l'enveloppe et en sortit une clé entourée d'une feuille de papier sur laquelle était écrit : « Retour prévu à l'aube ».

Il jeta la lettre dans la cheminée où de grosses bûches de bois crépitaient sous les flammes, puis alla se poster devant la fenêtre et regarda la pluie tomber sur la Seine.

~

Ce spectacle lui rappela la nuit d'orage où il avait découvert Cédric brûlant de fièvre sous son porche ; c'était pendant l'automne 1928. Un médecin appelé d'urgence diagnostiqua une pneumonie. Dans son délire, le garçon d'onze ans à peine, parla de l'orphelinat dont il venait de s'enfuir.

Adrien décida de le garder sous sa protection. Bien lui en prit. Fils d'une chanteuse des rues, morte de tuberculose, Cédric connaissait parfaitement tous les quartiers de Paris et il n'avait pas froid aux yeux. Le détective l'utilisa pour ses enquêtes, tout en veillant à son éducation.

Mais il lui cachait une partie de son existence…

Après avoir vérifié que l'adolescent dormait, Destouches enfila un long manteau noir et descendit à la cave.

~

Une fois en place, il appuya sur une brique qui faisait légèrement saillie.

Le mur du fond pivota, révélant un souterrain obscur.

S'éclairant d'une lampe torche, le détective emprunta ce passage et avança pendant plus de vingt minutes dans la pénombre.

Les rats qui couraient entre ses jambes le laissaient indifférent.

Il finit par atteindre un garage secret qui contenait trois voitures grises de marques différentes. La porte était munie d'un judas. Il y colla un œil pour vérifier si la route était libre. Rassuré sur ce point, il ouvrit tout doucement le battant, poussa l'une des automobiles dehors, verrouilla ensuite la serrure de l'extérieur, grimpa dans le véhicule et mit le moteur en marche.

L'engin démarra, passa devant l'église de Notre-Dame puis longea les quais de la Seine en direction de l'ouest de la ville.

Arrivé à Neuillly, Adrien gara sa voiture dans une rue déserte, dissimula son visage sous un masque de velours noir, enfila des gants blancs et sortit de l'automobile. Sous la pluie battante, il rasa les murs jusqu'à la belle maison de l'industriel Léopold Villaurand, en ouvrit la porte avec la clé apportée par Lulu, puis fixa à ses chaussures des semelles de caoutchouc lisse et pénétra dans les lieux en s'éclairant de la lampe torche. D'après ses informations, le bureau de l'homme d'affaires était au rez-de-chaussée, à gauche de l'escalier de marbre rose qui conduisait aux étages. Se déplaçant avec l'agilité d'un félin, il traversa le hall. Constatant que la porte de la pièce n'était pas fermée, il la fit pivoter avec prudence.

Un homme masqué se tenait à côté du coffre-fort grand ouvert.

Il braqua un pistolet Ruby sur le détective.

Destouches éteignit la lampe torche et plongea dans les jambes de l'individu avant qu'il puisse se servir de son arme.

La lutte se déroula dans une obscurité totale. Adrien sentit deux mains puissantes qui lui enserraient le cou et comprit que son adversaire avait lâché son arme automatique. Il leva donc le bras gauche pour lui empoigner les cheveux et lui cogna violemment la tête contre le parquet afin de l'assommer.

Un râle étouffé lui indiqua que son but était atteint.

Il chercha la lampe torche à tâtons, la récupéra, éclaira le vaincu, lui retira son masque et reconnut alors le célèbre écrivain Maxime Amalric. Cette découverte le décontenança d'abord, mais il reprit vite ses esprits, vida le coffre-fort de son contenu, écrivit « Corentin » à la craie sur le mur et quitta les lieux en toute hâte.

~

Quand sa voiture revint à la hauteur de Notre-Dame, une pluie de boue jaune et rougeâtre tomba du ciel.

Le phénomène était surprenant.

Mais pas autant que le fait de s'être ainsi retrouvé en rivalité avec son meilleur ami…

Une fois l'automobile garée dans le garage secret, Adrien regagna son domicile par le souterrain, puis reprit place dans le fauteuil de cuir rouge de la bibliothèque du premier étage et tria consciencieusement son butin.

La pendule marquait 5 heures du matin.

Après avoir divisé en plusieurs parts l'argent dérobé dans le coffre-fort de Léopold Villaurand, il consulta une longue liste de noms qu'il retranscrit sur des enveloppes en maquillant son écriture, puis répartit les liasses de billets dans chacune d'elles avant de prendre connaissance des autres documents qui se trouvaient dans le coffre-fort de l'industriel.

C'est alors que son attention fut attirée par un papier de couleur noire.

Un texte y était écrit en jaune.

Jour : 28 novembre.
Heure : 6 h 30.
Lieu : rue Fontaine, n° 26
Cible : Horace Croquet.

Et c'était signé : *Les Tarentules.*

4

L'ENLÈVEMENT

Malgré la pluie qui ruisselait sur le pare-brise de son Hispano Barcelona, Adrien Destouches roulait à vive allure vers le nord de Paris.

Il luttait contre la fatigue et le sommeil afin d'arriver rue Fontaine avant l'heure inscrite sur la mystérieuse feuille noire découverte parmi les papiers de l'industriel Léopold Villaurand.

La signature des Tarentules lui faisait craindre le pire.

Six mois plus tôt, cette association criminelle avait attaqué une banque à Lyon et massacré toutes les personnes qui se trouvaient à l'intérieur.

Quinze jours plus tard, elle exécuta, à Monaco où il s'était réfugié, un opposant politique au fasciste Mussolini, abattant aussi ses vieux serviteurs.

Depuis plusieurs années, cette bande impitoyable agissait sans relâche, volant des secrets militaires ou des toiles de maître en laissant à chaque fois des cadavres derrière elle. Si l'un de ses membres était blessé pendant une opération, ses complices l'achevaient sur place pour s'assurer qu'il ne puisse faire aucune révélation à la police en cas d'arrestation. Avant d'abandonner le corps sur les lieux du crime, ils lui écrasaient les mains et le visage afin d'empêcher son identification, mais ne touchaient jamais à la petite araignée noire qui était tatouée sur sa poitrine, à l'emplacement du cœur.

Contrairement à son habitude, Adrien avait emporté un pistolet Beretta avec lui. Porter une arme lui déplaisait. C'était pourtant nécessaire, puisqu'il ne pouvait pas demander le soutien de la police sans indiquer la source de son information et révéler ainsi qu'il n'était autre que le mystérieux Corentin.

Le professeur Horace Croquet habitait seul dans sa maison de Pigalle et n'en sortait que le matin, à 6 h 30, pour s'approvisionner rapidement en nourriture à l'ouverture du marché des Abbesses. Détestant être dérangé dans ses recherches, il faisait lui-même sa cuisine, n'employait aucun domestique et ne possédait pas le téléphone. Ses visiteurs devaient l'informer par courrier de leur venue et sonner à sa porte selon un code convenu à l'avance pour qu'il daigne leur ouvrir.

Ces détails figuraient dans l'article consacré par Natacha Berger au professeur quand le jury Nobel de Stockholm avait envisagé de lui attribuer son prix, mais *Paris Monde Soir* reçut ensuite une lettre dans laquelle le savant indiquait qu'il refuserait la prestigieuse récompense.

Destouches parvint rue Fontaine au moment où Horace Croquet sortait de chez lui en s'abritant sous un parapluie.

Aussitôt, un géant chauve et une jeune femme blonde l'empoignèrent par les bras et l'obligèrent à monter dans une Trojan garée à quelques mètres de son domicile.

Le détective appuya sur l'accélérateur pour venir leur barrer la route.

En le voyant foncer ainsi sur eux, les kidnappeurs firent feu.

Adrien donna un coup de volant pour éviter leurs balles et renversa les poubelles alignées sur le bord du trottoir, tandis que l'automobile des tireurs démarrait en direction de la place Clichy.

Il se lança à leur poursuite.

— Faut descendre ce type, dit le conducteur de la Trojan.

— Impossible de l'atteindre, râla le chauve. Il fait trop de zigzags.

Ligoté sur la banquette arrière, Croquet protesta.

— Vous me retardez avec toutes vos bêtises. J'ai du travail qui m'attend. Reconduisez-moi immédiatement à la maison.

— La ferme, dit la jeune femme blonde assise à ses côtés.

— Personne ne me fera taire, répondit le savant.

Elle l'assomma avec la crosse de son arme.

— Je vais utiliser les grands moyens, dit le géant sans cheveux, prenant une grenade sous la banquette.

— On devait agir discrètement, marmonna le chauffeur.

— L'essentiel est d'être efficace, William.

Il dégoupilla l'engin et le jeta par la portière.

— Adieu, l'ami !

Mais l'explosion survint trop tôt pour endommager le véhicule d'Adrien.

— Je vais ralentir, décida William. Comme ça, tu pourras mieux l'avoir.

La seconde grenade manqua son but et détruisit un platane.

— Quel maladroit tu fais, hurla la blonde en rechargeant son arme.

— Avec la pluie et l'obscurité, si vous croyez que c'est facile !

Elle haussa les épaules, brisa la vitre arrière de la voiture avec le canon de son pistolet, puis vida le chargeur en direction du poursuivant.

Une balle se logea dans un pneu de l'Hispano Barcelona, qui dérapa sur les pavés mouillés.

— Bravo ! dit le chauve. Madame Amandine, vous êtes un tireur d'élite.

La jeune femme grimaça en poussant un soupir.

— Non, Igor… C'est le chauffeur que je visais.

Ayant conservé son sang-froid, Adrien avait réussi à éviter l'accident.

Le Beretta à la main, il bondit de son véhicule, mais renonça à faire feu pour ne pas mettre en péril la vie du savant.

— Heureusement que j'ai une roue de secours, marmonna-t-il en regardant la Trojan disparaître à l'horizon.

❧

Le jour se levait sur Paris quand Destouches regagna son hôtel particulier du quai Voltaire. Il monta dans sa chambre, enleva ses vêtements trempés de pluie, enfila une longue robe de chambre en velours turquoise, ramassa les enveloppes contenant les sommes destinées aux victimes de Villaurand et descendit à la cave.

Lulu la Biche l'y attendait.

— Vous avez une mine à faire peur, lui dit-elle. Pas dormi ?

— J'ai eu une nuit assez difficile. Voici le courrier à distribuer.

— Tout s'est bien passé ?

Il préféra ne pas lui signaler sa rencontre inopinée avec Maxime Amalric et l'enlèvement mouvementé du savant.

— Un peu de sommeil ne me fera pas de mal.

Sa complice n'insista pas.

Elle disparut par le souterrain secret qui menait à Notre-Dame.

Adrien retourna dans sa bibliothèque, s'installa devant le secrétaire en acajou noir et compulsa les autres documents rapportés de Neuilly.

Des dossiers réunissaient des preuves permettant d'exercer un chantage sur des hommes politiques et des banquiers.

Un carnet rouge contenait une liste de réfugiés politiques italiens.

Dans une grande enveloppe à l'en-tête du ministère de la Guerre, une note manuscrite indiquait que le professeur Horace Croquet travaillait à la mise au point d'un canon de forte puissance meurtrière.

Destouches pâlit en songeant à l'usage que les Tarentules pourraient faire de cette invention…

5

MAUVAISE SURPRISE

Adrien Destouches ne dormit que quelques heures. Des coups frappés à la porte de sa chambre le réveillèrent à midi.

La voix de Cédric l'informa de la visite du commissaire Grenier.

— Il insiste pour vous voir tout de suite. J'ai fait du café.

Le détective s'extirpa du lit, enfila sa robe de chambre et se rendit dans le salon, où Cyprien marchait de long en large.

— Vous auriez tout de même pu vous essuyer les pieds, lui fit remarquer l'adolescent. Vos gros croquenots ont sali le tapis persan. On voit que ce n'est pas vous qui faites le ménage.

Le policier rougit de confusion.

— Désolé…

— Quelle misère, dit Cédric en servant une tasse d'arabica au détective.

Lorsque le jeune garçon eut quitté la pièce, Grenier s'approcha d'Adrien.

— Je suis en visite officielle. J'ai quelques questions à vous poser sur votre emploi du temps de la nuit.

— Pourquoi donc ?

— Ce sont les nécessités de l'enquête…

— Quelle enquête ? demanda Destouches en reposant la tasse vide.

— Le professeur Horace Croquet à été enlevé au petit matin. Attirés par des coups de feu, les voisins ont observé la scène de leurs fenêtres. Ils ont vu un homme se lancer à la poursuite des ravisseurs. Selon leurs témoignages, il conduisait une Hispano Barcelona rouge…

— Et comme je suis la seule personne à en posséder une à Paris, il vous a semblé que j'étais l'individu qui pourchassait les bandits. Brillante déduction, mon ami. Vous faites de gros progrès.

— Merci du compliment, mais était-ce bien vous ?

Adrien prit son temps avant de répondre.

Son interlocuteur transpirait d'impatience.

Le détective abrégea son supplice.

— C'était moi. Un de mes informateurs m'a prévenu au dernier moment de ce qui devait se passer. Je n'ai pas eu le temps de vous en avertir. Hélas, mon intervention s'est soldée par un échec lamentable. Ensuite, je suis rentré et me suis endormi.

Le commissaire se gratta la tête en grimaçant.

— Qui vous a donné le tuyau ?

— Cyprien, je ne révèle jamais mes sources. Vous le savez.

— D'accord… Mais vous pourriez faire une exception.

— Il n'en est pas question.

— J'en appelle à votre patriotisme. Le professeur Croquet travaille pour le gouvernement français. Il met au point une arme décisive, si j'en crois ce que m'ont dit mes supérieurs.

— Dans ce cas, cette affaire concerne les services secrets de l'État.

— Pas question. C'est mon enquête.

Il adressa un regard suppliant au détective.

— Dites-moi juste qui est l'auteur de l'enlèvement ?

— Les Tarentules.

Grenier poussa un gémissement.

— Alors, on n'est pas sorti de l'auberge… Ces bandits vont demander une énorme rançon pour nous rendre le savant.

— À moins qu'ils préfèrent le livrer à une puissance étrangère. Vous avez fouillé son laboratoire pour mettre la main sur les plans de l'arme ?

— Bien entendu, mais nous ne les avons pas trouvés.

— Croquet devait les porter sur lui.

— Alors, ils sont en possession des ravisseurs.

— C'est à craindre. À moins qu'il les ait cachés quelque part.

Cyprien hocha négativement la tête.

— Nous avons regardé partout, même dans les endroits les plus insolites. Rien. Si j'osais…

— Vous me demanderiez de vous aider.

— Oui, mais…

— Discrètement… Comme d'habitude.

— Vous acceptez ?

— Sans hésiter. D'abord, il faut que j'inspecte le domicile du savant.

— Mais je vous ai dit qu'on avait tout passé au peigne fin et…

La sonnerie du téléphone retentit.

Le détective décrocha le combiné.

L'appel était destiné au commissaire.

— J'ai prévenu mes inspecteurs que j'étais chez vous, expliqua Grenier en prenant l'appareil.

Il écouta son correspondant, poussa quelques jurons et raccrocha avec un évident sourire de satisfaction.

— Vous avez l'air ravi, remarqua le détective.

— Parfaitement. Habillez-vous vite. Nous allons sur une scène de crime des plus intéressantes. Vous n'en reviendrez pas.

Adrien haussa les épaules, gagna sa chambre, enfila un costume de tweed bleu azur et rejoignit ensuite le policier dans sa voiture.

~

La pluie tombait toujours sur Paris.

Une lumière grise assombrissait le ciel.

Le commissaire conduisait en silence et se dirigeait vers Neuilly.

— Nous y sommes, dit-il en arrêtant le véhicule devant la villa de l'industriel Léopold Villaurand.

Le détective dissimula son inquiétude, car Cyprien avait parlé d'une scène de crime et non d'un cambriolage.

Plusieurs personnes étaient réunies dans le hall.

L'inspecteur Paul Chevalier accueillit son supérieur.

— Nous avons été prévenus par cet individu, dit-il en lui montrant un petit homme myope qui s'approcha en rougissant de confusion.

— Je suis arrivé à 11 h 30 pour faire signer des chèques à Monsieur, balbutia-t-il. Mais personne n'a répondu à mes coups de sonnette. Comme la porte de la maison n'était pas fermée, je suis entré et…

— Vous êtes qui ? l'interrompit le commissaire.

— Léon Prunier, le comptable des usines Villaurand depuis dix ans. Je suis donc entré et puis…

Il étouffa un sanglot et désigna le bureau.

Devant le coffre-fort ouvert, un homme en smoking gisait sur le dos. Il avait la gorge tranchée.

Le détective reconnut l'industriel.

— Et les domestiques ? demanda Cyprien.

— Monsieur leur donnait un congé de vingt-quatre heures chaque semaine, précisa le petit homme myope en pleurant à chaudes larmes.

— J'ai relevé des traces de lutte dans la pièce, signala Chevalier. Mais nous n'avons pas trouvé d'indices ni d'autres traces de pas que celles du mort.

Le médecin légiste se moucha bruyamment.

— D'après mes premières conclusions, le décès remonte à la fin de la nuit. Je dirais qu'il est intervenu autour de 5 heures du matin. Le cambrioleur a donné un coup de rasoir entre les deux oreilles de sa victime.

— Et il a signé son crime, jubila le commissaire en montrant la signature qui était tracée sur le mur.

— C'est Corentin qui a fait le coup, approuva l'inspecteur.

Destouches protesta doucement.

— Mais ce voleur ne tue jamais ses victimes.

— Il faut un commencement à tout, ricana Chevalier.

— Et sa légende de Robin des Bois aux mains propres est terminée, ajouta Cyprien. Mlle Natacha Berger ne pourra plus lui consacrer de longs articles élogieux. Si vous saviez ce que ça me fait plaisir !

Adrien ne l'écoutait plus. La perspective que son ami Maxime Amalric soit l'auteur de ce meurtre le troublait d'autant plus qu'il venait de déchiffrer les trois lettres que l'industriel avait maladroitement tracées sur le sol avec son sang avant de mourir : « T A R ». Le début du mot « Tarentule »...

6

La prison sur le fleuve

La jolie blonde Amandine de Véramel accepta la cigarette de tabac turc que lui offrait Ludwig von Strongberg.

Elle l'alluma et aspira la fumée avec volupté.

Le Munichois l'observait en souriant.

— Vous avez fait du bon travail, dit-il en allemand. Le professeur Croquet est notre prisonnier. Je vous en félicite.

— Avez-vous identifié l'homme qui a tenté d'empêcher son enlèvement ? demanda l'aventurière dans la même langue.

— La chose s'est avérée très facile. Il est le seul à posséder une Hispano Barcelona rouge à Paris.

— Qui est-ce ?

— Un millionnaire, répondit son interlocuteur en caressant la vilaine balafre qui lui striait toute la joue droite. Adrien Destouches... J'ignore comment il a été informé de notre projet. Peut-être que...

La jeune femme l'interrompit.

— Quand j'ai égorgé Léopold Villaurand chez lui, son coffre-fort était grand ouvert. Et vide... Le plan détaillé de la maison de Croquet n'y était donc plus. Ni la note transmise par le marquis Yves de Collion, du ministère de la Guerre. Heureusement que nous connaissons l'identité de cet informateur ! Je vais pouvoir m'occuper de lui. Mais pour en revenir au coffre-fort vide, il y avait la signature de Corentin sur le mur du bureau.

Ludwig von Strongberg fronça les sourcils.

— Le justicier cambrioleur ! Ce serait donc lui qui serait en possession des documents de l'industriel ?

— Dans ce cas, il doit être de mèche avec ce Destouches.

Son interlocuteur haussa les épaules.

— Probable… Au fait, qui vous a donné l'ordre d'exécuter Villaurand ?

— Le chef, répondit l'aventurière d'un ton sec. Il le savait surveillé par les services secrets français. Mieux valait donc s'en débarrasser. Cette crapule a été utile pour nous aider à préparer le rapt de Croquet, mais il en savait trop sur nous. Et les morts ne parlent pas…

Le Munichois ne put cacher sa contrariété.

— J'aurais aimé être mis au courant de cette décision.

Amandine éleva la voix.

— Moi, j'obéis aux ordres du chef. Je n'ai aucun compte à vous rendre.

— Je sais, ma chère. Vous avez le privilège de le rencontrer en personne. Pas moi, ni aucun autre membre des Tarentules.

— Certains ont essayé de connaître son visage et ils en sont morts…

— Contrairement à ce que vous pensiez, Croquet n'a pas les plans de son invention sur lui, dit le Munichois. Et comme ils ne sont pas cachés chez lui…

Amandine de Véramel grimaça.

— Nous ne les y avons pas trouvés. Ce qui ne veut pas dire qu'ils n'y sont pas. C'est d'ailleurs maintenant sans importance. Le professeur est entre nos mains. Il finira bien par livrer son secret à ceux qui sauront payer le meilleur prix pour le faire travailler… Les enchères ont déjà commencé.

Elle éteignit sa cigarette et en réclama une seconde.

— Vous fumez trop, dit Ludwig.

— Ne vous souciez pas de ma santé. Le transfert de Croquet est prévu pour demain soir. Je l'emmène en avion… Vous me l'amènerez à l'aérodrome secret de La Garenne-Colombes. Pour l'instant, je m'occupe de ce marquis qui a cédé au chantage de Villaurand et l'a informé des recherches du savant.

— Et pour Destouches ?

— Supprimez-le… Faites en sorte que ça ressemble à un accident.

⌇

Elle monta sur le pont de la péniche et grimaça en constatant que la pluie tombait toujours en trombes. Un vent mauvais agitait les branches dénudées des arbres qui bordaient la Seine à cet endroit désert du nord-ouest de Paris. Les conditions météorologiques n'étaient pas très favorables pour se rendre en Suisse par la voie des airs. Son talent de pilote serait mis à rude épreuve. Mais cette perspective ne l'effraya pas, car Amandine n'avait peur de rien, sauf de son chef qui était impitoyable.

Une voix tonitruante monta de la cale.

— Vous me faites perdre mon temps ! Je veux retourner chez moi.

La jeune femme approcha de la sentinelle qui gardait la péniche.

— J'ai remplacé la vitre arrière de votre voiture, dit-il.

— C'est très bien, Hugo, mais descends demander à William de bâillonner le prisonnier. Avec ses hurlements, il va réveiller tous les rats du voisinage. Et Ludwig déteste ces bestioles.

Elle regagna la berge, monta dans la Trojan et prit la route.

Le Munichois entendit le bruit du moteur qui s'éloignait.

Sa colère éclata dans un monologue à mi-voix :

— Cette idiote ignore que je connais aussi l'identité du chef. J'ai monté l'organisation avec lui. Sans moi, il n'aurait pas enlevé de savants ni volé des documents secrets, et se contenterait de dévaliser les banques ou les trains. Je ne comprends pas qu'il se soit montré à elle à visage découvert. Serait-il tombé amoureux de cette vulgaire tueuse qui joue les femmes du monde… C'est d'une folle imprudence de se fier à une femelle. Je la hais !

Il sortit un serpent venimeux de sa poche et lui caressa la tête. Le reptile s'enroula autour de son bras. Calmé par ce contact, le balafré reprit son soliloque dans un murmure :

— Un jour, je livrerai Amandine à mon léopard… Il me sera bien agréable de la voir mourir sous ses crocs et ses griffes.

Le géant Igor entra dans la cabine.

— J'ai l'adresse du type à l'Hispano. Il habite quai Voltaire.

— Alors, fais le nécessaire.

— Couteau, pistolet, strangulation ou dynamite ?

— Faux accident, dit Ludwig en remettant le serpent dans sa poche.

— Moi qui comptais m'amuser en le trucidant...

— Pas de zèle... de la discrétion... Ce sont les ordres.

Le chauve leva les yeux au ciel et sortit en râlant.

L'Allemand lui emboîta le pas et se rendit dans la cale de la péniche.

Horace Croquet y était ficelé comme un saucisson.

— Mme Amandine a ordonné qu'on le ligote et...

Il fit taire William Schwarzkopf d'un geste.

— Attends-moi sur le pont. J'ai une mission pour toi.

Quand le geôlier fut sorti, Ludwig s'adressa au savant en français :

— Désolé du traitement que l'on vous fait subir, professeur.

Il fit glisser le bâillon et desserra les liens.

— Je veux rentrer chez moi, cria le prisonnier.

— Si vous hurlez, je vous remets le chiffon dans la bouche.

— Pas ça... Il est trop sale et sent le mazout.

Le Munichois afficha un sourire glacial.

— Nous vous avons enlevé...

— Vous croyez que je ne m'en suis pas aperçu ? Les hommes de science sont distraits, mais pas à ce point... Vous voulez quoi ? Une rançon ? Mais je n'ai pas un sou. Tout mon argent est passé dans les instruments du laboratoire. Ma maison est même hypothéquée. Malgré toutes ses promesses, le ministère de la Guerre ne m'a pas encore versé un centime d'avance pour mes recherches. La crise, qu'ils disent… En attendant, je ne mange plus que des légumes et bois de l'eau du robinet. Une rançon ? Quel mauvais calcul, mon garçon. Vous devez être des amateurs !

— Nous savons que vous travaillez sur une arme secrète. Laquelle ?

— Ce ne sont pas vos oignons !

L'Allemand lui colla une cigarette turque entre les lèvres.

— Je ne fume pas, dit Croquet en la recrachant sur le sol de la cale. C'est trop mauvais pour la santé.

— Un bonbon alors ?

— Les bonbons ne sont pas bons pour les dents.

— Qu'est-ce qui vous ferait plaisir ?

— Je veux rentrer chez moi ! hurla le savant.

7

UN FAUX SUICIDE

L a carrière du marquis Yves de Collion reposait sur
une imposture.

Il avait reçu tous les honneurs militaires pour la des-
truction d'un nid de mitrailleuses qui décimait les
hommes de sa compagnie en 1917. Resté seul survivant
de cette bataille, il devint un héros national et bénéficia
d'un poste prestigieux au ministère de la Guerre. Mais
ce n'était pas lui le véritable auteur de cette action
d'éclat. Paralysé par la peur et caché sous les cadavres
de ses compagnons, il avait vu comment l'Africain Omar
Benga s'était sacrifié en faisant exploser la position allemande. Craignant que sa lâcheté le conduise en cour
martiale, le noble s'était ensuite attribué la paternité de
l'exploit du Sénégalais, pensant qu'il n'existait plus personne pour le contredire.

La vérité le rattrapa en la personne d'un infirmier militaire français qui avait soigné le seul mitrailleur germa-
nique rescapé de ce combat. Le blessé lui raconta la
charge téméraire de l'Africain et porta son témoignage
par écrit avant de mourir. Au lieu d'en informer sa hiérarchie, son confident contacta le marquis après l'armistice et exigea de l'argent pour taire sa forfaiture.

Ce maître chanteur n'était autre que Léopold Villaurand.

La fortune du noble lui permit de devenir un riche industriel. Sa cupidité le rendit ignoble et impitoyable. Il constitua des dossiers pour compromettre ses rivaux, établit des relations avec les réseaux fascistes italiens, se lança dans le trafic d'armes et la vente de documents aux organisations criminelles.

Huit jours auparavant, il avait menacé Yves de Collion de révéler toute son histoire à une feuille à scandale si ce dernier ne lui livrait pas des secrets militaires de grande importance. Paniqué, l'imposteur lui parla des recherches secrètes du professeur Horace Croquet. Sentant l'affaire juteuse, Villaurand contacta immédiatement les Tarentules, avec lesquelles il avait déjà travaillé.

Le marquis lui remit d'abord les plans de la maison du savant.

Une inspection nocturne de la demeure ne donna rien.

Yves de Collion dut alors aider à l'organisation du rapt de Croquet.

En apprenant la mort de son maître chanteur, le noble ressentit d'abord un profond soulagement, mais vite suivi d'angoisse, car l'assassin cambrioleur avait certainement récupéré la preuve de son imposture.

Et le mystérieux Corentin le tenait donc maintenant en son pouvoir.

~

Le matin même, ses chefs de service le convoquèrent pour l'interroger sur les fuites à propos de l'arme inventée par le savant de la rue Fontaine.

— Mon cher ami, lui dit son supérieur, Horace Croquet a été enlevé. Le président Doumergue m'a ordonné que la presse n'en parle pas, mais l'affaire est grave. Les membres du gouvernement sont persuadés que les ravisseurs ont reçu des informations venant de mon ministère. Hors d'ici, personne ne pouvait savoir que le professeur avait reçu une commande secrète de l'État. Aussi, je dois interroger mes subalternes à ce sujet. Vos faits d'arme et votre grand patriotisme vous mettent hors de soupçon. Notre entretien n'est donc que pure routine. Mais auriez-vous remarqué un comportement suspect chez l'un de vos collègues ?

— Aucun, balbutia le noble.

— Tant pis, soupira le ministre en coupant court à l'entretien.

Yves de Collion était revenu dans son bureau en baissant la tête.

Alors qu'il écrivait une lettre officielle à la présidence, son secrétaire lui apporta une carte de visite.

— C'est pour une audience immédiate.

— Je ne connais pas de Lucy Koveso, grogna le marquis en déchiffrant le nom imprimé sur le bristol.

— Elle dit être l'épouse d'un de vos soldats pendant la Grande Guerre.

Il avala difficilement sa salive avant de prendre une décision.

— Faites-la entrer.

Une vieille femme au visage couvert d'une voilette noire pénétra dans la pièce en s'aidant d'une canne.

— Merci de me recevoir, dit-elle d'une voix chétive.

— Asseyez-vous, madame.

Le secrétaire sortit du bureau.

La dame âgée minauda.

— Pourriez-vous entrouvrir la fenêtre, je suis claustrophobe.

Le marquis se leva pour la satisfaire.

Tandis qu'il lui tournait le dos, elle subtilisa la lettre en cours d'écriture.

Yves de Collion revint s'asseoir.

— Votre mari était sous mes ordres dans les tranchées ?

— Pas du tout, répondit la visiteuse.

Le haut fonctionnaire sursauta.

— Je ne comprends pas.

— Il faut que vous soyez au troisième étage de la tour Eiffel dans une heure si vous voulez récupérer un document qui a disparu d'un coffre-fort au petit matin. Cela vous laisse le temps de passer à votre banque et d'y retirer 600 000 francs. Suis-je assez claire ?

Le noble baissa la voix.

— C'est Corentin qui vous envoie ?

— Dans une heure, répéta la vieille en reprenant sa carte de visite.

Elle sortit en boitant.

Son interlocuteur essuya la sueur qui trempait son visage.

Il appela ensuite son secrétaire.

— Je dois m'absenter. Une urgence. Annulez tous mes rendez-vous.

Quelques minutes plus tard, la fausse veuve de guerre s'enferma dans les toilettes de la gare d'Austerlitz, enleva sa voilette noire, se démaquilla pour reprendre les traits d'Amandine de Véramel et ôta le manteau de grosse laine qui dissimulait ses beaux vêtements.

Ayant regagné la Trojan garée sur les quais, elle prit la lettre dérobée sur la table du marquis, rédigea une note en imitant son écriture, puis la glissa dans une enveloppe et démarra ensuite en direction du Champ-de-Mars.

Le vent et la pluie décourageaient les gens de visiter la tour Eiffel.

La jeune femme blonde prit un chapeau et un long imperméable posés à l'arrière de son véhicule, alla acheter un billet à la caisse du monument de fer, monta dans l'ascenseur et demanda qu'on la dépose au deuxième étage.

Elle y patienta jusqu'à ce que l'appareil redescende.

À l'heure prévue, le marquis Yves de Collion se fit conduire en haut de l'édifice et s'agaça de n'y trouver personne.

La belle Amandine de Véramel attendit de voir l'ascenseur redescendre pour emprunter les marches menant à la plate-forme du troisième.

Elle rejoignit le noble, qui faisait les cent pas en serrant les poings.

— Vous avez l'argent ? demanda-t-elle en s'appuyant sur la rambarde.

Le marquis lui tendit une petite sacoche.

— Les documents ?

Amandine posa l'enveloppe sur le bord du parapet. Son interlocuteur s'en saisit.

La femme blonde le fit alors basculer dans le vide, puis courut vers les escaliers, redescendit au deuxième étage et appela l'ascenseur.

— Vous avez vu l'homme tomber ? lui demanda l'employé en ouvrant la grille de la cabine.

— Quel homme ? murmura l'aventurière en feignant la surprise.

— Un désespéré, sans doute…

Quand elle regagna le sol ferme, un sergent de ville arracha l'enveloppe des mains du mort, la décacheta et en sortit une feuille de papier.

— Il ne voulait plus vivre, dit le policier après avoir lu son contenu.

Amandine de Véramel contempla le cadavre désarticulé du marquis de Collion et se sentit très heureuse.

Elle aimait tuer.

8

SABOTAGE

Assis à l'arrière d'un taxi, Adrien Destouches se demandait comment retourner au laboratoire de Croquet afin de récupérer les plans de l'invention. Lors de sa visite des lieux en compagnie de Cyprien Grenier, son expérience de cambrioleur lui avait permis de constater que la maison de la rue Fontaine avait été fouillée par d'autres personnes que les policiers. Il en conclut que les Tarentules, n'ayant pas pu découvrir les plans de l'arme, s'étaient emparées du professeur dans l'intention de lui extirper son secret.

Pendant son inspection, le détective devina la cachette des documents.

Craignant que les bandits disposent de quelques espions infiltrés dans la police ou au gouvernement, il n'en dit rien au commissaire. La vie du savant ne lui semblait pas être en danger tant que ses plans restaient introuvables. Il préférait donc les subtiliser pour que personne n'entre en leur possession. Mettre ce projet à exécution n'était pas chose aisée. Grenier ne le lâchait pas d'une semelle pendant cette visite. Il avait aussi donné ordre que la maison soit dorénavant gardée nuit et jour.

— Ayez la gentillesse de vous arrêter un instant devant cette marchande de fleurs, demanda Adrien au chauffeur quand le taxi arriva place Blanche.

Lulu la Biche le vit descendre du véhicule et venir à elle.

— Je voudrais un œillet, mademoiselle.

— Pour votre revers de manteau ?

— Exactement.

— Un rose conviendra parfaitement.

Tandis que la jeune femme lui épinglait la fleur, il parla à voix basse.

— Les Tarentules agissent à Paris. Demande à tes amis de la pègre de se renseigner sur leurs intentions.

— Ils ne diront rien sur cette bande, murmura Lulu. Tout le monde a peur de ces fanatiques.

— Je paierai très cher celui qui m'apportera une information.

Il tendit quelques pièces à sa complice.

Un gamin commençait à vendre la première édition du *Paris Monde Soir*.

Adrien lui acheta un exemplaire, remonta dans le taxi et le compulsa sur le chemin conduisant au quai Voltaire.

L'enlèvement du professeur Croquet n'y était pas mentionné parce que le ministère de la Guerre avait interdit de publier l'information. En revanche, le procès intenté à la banque Oustric et l'explication scientifique de la pluie de boue tombée sur la ville pendant la nuit précédente partageaient la première page du quotidien vespéral avec le récit de l'assassinat de Léopold Villaurand. Une photographie de Cyprien désignant la signature de Corentin sur le mur de la villa de l'industriel illustrait l'article dans lequel Natacha Berger exprimait sa déception d'apprendre que le cambrioleur était devenu un meurtrier.

Le détective soupira et songea à son passé.

〜

Fils unique de Marcus et Marie-Hélène Destouches, concertistes morts pendant le naufrage du *Titanic* en 1912, il avait été recueilli par Jules Vilar, le frère de sa mère, un militant anarchiste qui faisait profession de voleur et ne s'attaquait qu'aux gens riches. Désemparé par la disparition de ses parents, l'enfant se laissa initier au métier de cambrioleur et accompagna son oncle dans ses expéditions nocturnes jusqu'à la déclaration de la guerre. Vilar partit alors sous les drapeaux et mourut au combat. Adrien n'avait que quinze ans quand ce deuil le frappa. Prenant la relève de son tuteur, il dévalisa les villas cossues de banlieue et les hôtels particuliers parisiens.

Mais une nuit de juin 1917 transforma son destin.

Juan Chavez, un millionnaire argentin, le surprit en train de cambrioler sa demeure du quai Voltaire. Constatant la jeunesse du voleur, il décida de ne pas le livrer à la police et voulut entendre son histoire. Les malheurs d'Adrien le touchèrent tant qu'il décida de l'adopter.

Malgré sa richesse, le Sud-Américain était un humaniste qui condamnait les régimes totalitaires et défendait la cause de tous les opprimés. Il transmit ces valeurs progressistes au jeune homme, lui fit étudier les arts, les lettres, le droit et la philosophie, pratiquer l'athlétisme, la boxe, le sport hippique, la course automobile, les arts martiaux et le tennis, puis lui inculqua les bonnes manières et toutes les règles de l'élégance avant de l'envoyer faire le tour du monde après l'armistice. Destouches découvrit ainsi le sort des peuples colonisés en Afrique et en ressentit beaucoup de honte. Il gagna ensuite l'Égypte et fêta ses vingt et un ans au pied des Pyramides, puis s'embarqua pour les Indes, explora la Chine et fit halte au Japon, mais, à son hôtel de Tokyo, un télégramme du notaire Roland Lacourbe l'informa que son bienfaiteur venait de succomber à une embolie. Rentré à Paris, il hérita d'une fortune fabuleuse et de l'hôtel particulier du quai Voltaire. Six mois d'oisiveté n'effacèrent pas son chagrin. Ne supportant guère l'inaction et se souvenant de toutes les misères rencontrées pendant ses voyages, il décida de jouer au justicier en utilisant son habileté de voleur et devint alors Corentin. Depuis sept ans, ses audacieux cambriolages lui avaient permis de dédommager les victimes des escrocs et des affairistes. Le hasard l'ayant mis en présence d'un terrible criminel, il s'improvisa aussi détective et aida le commissaire Cyprien Grenier à l'arrestation de meurtriers.

～⌒

Lulu la Biche était la seule personne à tout savoir de sa double vie. Il l'avait connue alors qu'elle essayait de lui faire les poches en vendant des roses à la sortie du restaurant Maxim's. Imitant son mentor, Adrien ne la livra pas à la police. Il écouta l'histoire de sa jeune vie, nota qu'elle n'avait que des amis dans la pègre et lui proposa de devenir son lieutenant pour ses activités. Elle accepta. Leur association fonctionnait parfaitement. Grâce à son talent de pickpocket, Lulu escamotait les clés du domicile des futures victimes de Destouches, en faisait forger un double, puis remettait l'original dans la poche de son propriétaire. Elle s'occupait aussi d'établir leur emploi du temps pour que son patron puisse opérer au moment où personne ne se trouvait sur les lieux du cambriolage.

La nuit était déjà tombée sur Paris quand le taxi arriva quai Voltaire.

Un sentiment de lassitude déprima le détective.

L'accusation du meurtre de Villaurand ternissait l'image de Corentin et cela lui était insupportable.

— Vous avez vu que notre Robin des Bois a tué quelqu'un ? dit Cédric en l'accueillant dans le salon.

— Ce n'est peut-être pas lui l'assassin, nuança Destouches.

— Qui alors ? demanda le gamin avec amertume.

Devant son regard désemparé, Adrien changea de conversation.

— Je vais voir *L'Âge d'or* au Studio 28. Ne m'attends pas. Couche-toi de bonne heure. Si Lulu vient, dis-lui où je suis.

Le jeune garçon hocha la tête en guise d'assentiment, puis choisit une aventure de Fantômas dans la bibliothèque et alla dans sa chambre.

Adrien prit l'ascenseur hydraulique, monta dans son Hispano Barcelona rouge et roula vers Montmartre sans s'apercevoir qu'une Ford le suivait.

Elle était conduite par Igor, qui arborait un sourire cruel.

Le détective se gara rue des Abbesses et marcha jusqu'au cinéma.

Maxime Amalric y admirait les œuvres de Hans Arp, Salvador Dalí, Max Ernst, Joan Miró, Man Ray et Yves Tanguy, qu'on avait exposées dans le hall.

Adrien lui posa la main sur l'épaule.

— Vous allez bien ?

— Et vous-même, mon cher Destouches ?

Il désigna le pansement que l'écrivain portait à l'arrière du crâne.

— Rien de grave ?

— Non, mentit son interlocuteur. Une tuile est tombée d'un toit et je l'ai reçue sur l'occiput. Avec ce vent… Entrons dans la salle. Vous allez être surpris. C'est un film étonnant. Je n'ai jamais rien vu de la sorte. Nos amis surréalistes me l'ont fait découvrir la semaine dernière.

Ils s'installèrent dans la rangée du milieu.

Le programme s'ouvrit par deux courts métrages et un dessin animé.

Puis *L'Âge d'or* commença, sur l'image de scorpions se combattant.

Adrien fut happé par la poésie anarchiste et violente du film. Quand la lumière revint dans la salle, il remarqua le désarroi du public. Des spectateurs applaudissaient l'œuvre. D'autres la sifflaient. Une femme obèse se signait en hurlant au scandale.

— Si nous allions boire un verre ? proposa Amalric.

Adrien se demandait si l'écrivain appartenait à la bande des Tarentules.

Cela pouvait expliquer sa présence dans la villa de Villaurand.

Mais était-ce lui qui avait tué l'industriel ?

— Vous n'avez pas soif ? insista Maxime en lui prenant le bras.

— D'accord, céda Destouches. Mais passons d'abord chez moi.

— Je connais un petit cabaret à Montparnasse où le barman prépare des cocktails stupéfiants. Robert Desnos m'y a emmené, l'autre soir. Il voulait me faire écouter une chanteuse de fado, Manuela Costa. Elle est très jolie. J'en suis d'ailleurs tombé amoureux.

Ils coururent sous la pluie et montèrent chacun dans leur voiture.

Dissimulé sous une porte cochère, Igor jubilait quand l'Hispano démarra.

Il grimpa dans sa Ford pour la suivre.

⤳

Le détective réfléchissait en conduisant avec prudence. La seule manière de savoir si l'écrivain appartenait à la bande des Tarentules était de vérifier s'il avait une petite araignée tatouée à la place du cœur. Comme Maxime ne supportait pas l'alcool, Adrien décida donc de le faire boire au point de perdre conscience afin de le reconduire ensuite chez lui et le déshabiller pour en avoir le cœur net.

Sa voiture emprunta un des ponts menant à la rive gauche.

Le véhicule d'Igor vint se placer à sa hauteur et la percuta sur le côté.

Destouches donna un coup de volant pour l'éviter, mais la direction ne répondit pas plus que les freins.

Incapable d'éviter le parapet, il voulut sauter de l'auto avant le choc.

Les portières étaient bloquées.

Adrien ne pouvait pas s'échapper de sa prison d'acier.

L'Hispano s'engouffra dans les eaux noires de la Seine.

9

L'AGENT SECRET

Quand il vit la voiture d'Adrien Destouches tomber dans le fleuve, Igor éclata de rire et continua sa route sans voir que Maxime Amalric descendait de son automobile et plongeait dans la Seine pour secourir son ami.

L'écrivain nagea en profondeur, atteint l'Hispano, essaya d'en ouvrir les portières et, n'y parvenant pas, fit éclater la vitre du pare-brise avec ses deux poings, puis extirpa le détective de son siège et le ramena à la surface.

Un couple de vieux clochards l'aidèrent à monter sur le quai.

— Vous avez les mains pleines de sang, marmonna la femme en haillons. C'est un cadavre que vous avez pêché ?

— Non, je me suis blessé en cassant les vitres.

— Buvez ça pour vous réchauffer, dit l'homme. C'est du gros rouge, mais je n'ai rien d'autre. Nous avons fini le rhum de cuisine ce matin.

Amalric déclina la proposition d'un geste aimable.

— Ce n'est pas la peine d'avoir une aussi belle automobile quand on ne sait pas conduire, déclara la vieille en gloussant.

— Une Hispano Barcelona, précisa son compagnon. Moi, je connais toutes les voitures de luxe, bien que je n'en aurai jamais. Quand on l'aura sortie de la flotte, elle ne marchera plus très bien. Et votre camarade, il va mieux ?

— Aidez-moi à le porter jusqu'à mon automobile, répondit Maxime.

Ils gravirent les marches de pierre qui conduisaient sur le pont.

— C'est à vous la Riekenbacker ? s'étonna le clochard. Du solide... Qualité américaine... Bravo ! Vous avez du goût, mon prince.

L'écrivain allongea Destouches sur la banquette arrière du véhicule, puis prit un billet de 100 francs dans son portefeuille trempé d'eau.

— Il est un peu mouillé, s'excusa-t-il en le donnant au couple.

— Voilà ce que c'est de payer en liquide, plaisanta la femme.

Amalric démarra en direction du quai Voltaire.

Réveillé par les coups de sonnette, Cédric descendit ouvrir la porte de l'hôtel particulier.

— Adrien ! cria-t-il en voyant son tuteur étendu dans l'automobile.

— Conduisons-le à sa chambre, ordonna Maxime.

Au volant d'un camion garé à deux cents mètres de la demeure, William, des Tarentules, avait suivi cette scène.

Quand le détective fut déshabillé, l'adolescent l'allongea sur le lit.

— Vous devriez faire sécher vos vêtements, conseilla-t-il à Amalric.

— Tu as raison, répondit l'écrivain.

Il alla s'enfermer dans la salle de bains, se dévêtit, nettoya son pistolet automatique Ruby, le cacha entre deux serviettes-éponges, puis revint torse nu dans la chambre où Destouches avait repris connaissance.

— J'ai eu peur, lui dit-il. Ce chauffard a délibérément foncé sur vous.

Son interlocuteur préféra taire que l'Hispano avait été sabotée.

— Un ivrogne, sans doute…

Il remarqua qu'aucune araignée n'était tatouée sur la poitrine de l'écrivain et en éprouva un profond soulagement.

— Je boirai bien un cognac, déclara Maxime.

— Moi aussi… Vous en trouverez au salon.

Amalric alla chercher la bouteille et deux verres.

— À la vôtre, mon vieux…

Ils trinquèrent.

— Sans vous, je ne serais plus de ce monde, déclara Adrien. Mais vos mains sont dans un sale état. Êtes-vous vacciné contre le tétanos ?

— Absolument. Ne vous inquiétez donc pas. Ce ne sont que des coupures superficielles. Rien de bien grave…

— Je vais demander à Cédric de vous préparer une chambre.

— Non. Pour moi, la nuit n'est pas encore terminée. Je compte aller au Wanda, ce bar de la rue Delambre où chante Manuela Costa.

— Nous sommes de la même taille. Prenez un de mes costumes. D'ailleurs, je vais vous accompagner. L'alcool m'a redonné des forces et j'ai hâte de voir cette femme dont vous êtes si amoureux.

L'écrivain éclata de rire, vida son verre et ouvrit l'armoire à vêtements.

Destouches se leva et se pencha à l'oreille de Cédric.

— Lulu peut me trouver au Wanda, rue Delambre, dit-il en chuchotant.

Quelques minutes plus tard, Amalric et Adrien entraient dans le cabaret.

Robert Desnos leur fit signe de le rejoindre à sa table.

— Vous tombez bien, dit le poète à Destouches. Je n'ai plus un centime, mais j'ai encore soif. Il n'y a rien de tel qu'un millionnaire pour résoudre mon problème. À la condition qu'il soit un compagnon cultivé, charmant et disposé à faire les quatre cents coups sans perdre la tête…

Le détective commanda trois cocktails puis pâlit en reconnaissant Sylvio Stronzinoni assis sur un tabouret du bar.

Le Turinois travaillait pour les fascistes italiens.

Il avait plusieurs meurtres sur la conscience, mais jouissait d'une immunité diplomatique empêchant de l'inculper sans preuve formelle.

Sa présence au Wanda signifiait qu'une de ses cibles s'y trouvait.

Adrien dévisagea les autres clients et identifia alors le romancier Giuseppe Leonetti, un Romain qui avait été contraint de quitter la péninsule après la publication de son pamphlet contre Benito Mussolini.

Les lumières de la salle baissèrent.

— Vous allez l'entendre, chuchota Maxime à l'oreille du détective.

Une femme au visage de gitane apparut dans un halo de brume rose et se mit à chanter un fado d'une voix bouleversante.

Mais Destouches gardait les yeux fixés sur Stronzinoni, qui profitait de la pénombre pour se rapprocher lentement de son compatriote.

Il tenait une longue aiguille à chapeau dans sa main droite.

Amalric se leva soudain, simula un faux pas et précipita l'espion sur le sol.

— Quelqu'un est victime d'un malaise, cria-t-il.

Manuela Costa interrompit sa chanson.

Les lumières revinrent dans le cabaret.

Un petit bonhomme moustachu quitta sa place.

— Je suis médecin.

Maxime souleva l'Italien inanimé.

— Il faudrait le conduire à l'hôpital.

— Transportons-le jusqu'à ma voiture, proposa le docteur.

— Je vais vous aider, dit Giuseppe Leonetti.

Adrien surprit un regard de connivence entre le Romain et Amalric.

— Encore une victime de notre diva portugaise, plaisanta Robert Desnos. C'est une beauté fatale. Les hommes perdent connaissance en l'écoutant. Dommage que ce soit sa dernière prestation à Paris.

Destouches remarqua la goutte de sang qui perlait sur le plastron blanc du smoking de l'espion italien, là où Maxime avait planté l'aiguille à chapeau qui devait percer la nuque du pamphlétaire.

Il comprit alors que son ami travaillait pour les services secrets français.

10

La ruse de William Schwarzkopf

Ludwig von Strongberg contenait sa colère en écoutant William.

— Moi, j'attendais sur le quai Voltaire comme vous me l'aviez ordonné. J'ai vu une belle voiture se garer. Un type en est descendu. Il a sonné à la porte de la maison que je surveillais. Un jeune garçon lui a ouvert. À eux deux, ils ont sorti un homme inanimé du véhicule. D'après ce que j'ai entendu, c'était Adrien Destouches et il était bien vivant.

Le Munichois se tourna vers Igor, qui faisait des yeux ronds.

— Mais ce n'est pas possible, déclara le géant chauve. J'ai vu l'Hispano qui s'enfonçait dans la Seine. J'avais bloqué les portières et saboté les freins. Le millionnaire ne pouvait pas échapper à la mort.

— Et tu as donc filé sans attendre, grogna l'Allemand.

— Je ne voulais pas qu'on me repère. Quelle poisse !

Ludwig soupira.

— Tu as commis une faute. Notre organisation n'accepte pas les erreurs et ne donne pas de seconde chance à celui qui échoue dans sa mission. C'est la règle des Tarentules. Elle ne tolère aucune exception. Dommage pour toi…

Il braqua un pistolet Mauser sur le géant.

— Vous n'allez quand même pas…

Une balle en plein front fit taire le chauve.

— Tu sais ce qu'il te reste à faire, dit le Munichois à William Schwarzkopf.

— J'ai l'habitude.

Il emporta le cadavre sur le pont de la péniche.

Une fois seul, von Strongberg sortit le serpent de sa poche et le caressa avec douceur en réfléchissant à la situation.

La perte d'Igor lui posait un problème de logistique. Ils n'étaient plus que trois membres de la bande sur la péniche. Cela changeait ses plans. Il avait prévu qu'Igor et William assurent le transfert du professeur Horace Croquet à l'aérodrome clandestin, tandis qu'il resterait à bord avec Hugo, mais Adrien Destouches vivait encore. Il fallait donc l'éliminer sans attendre, car le chef n'accepterait pas qu'il en soit autrement. C'était l'affaire d'un professionnel qui ne pourrait connaître l'échec. En l'absence d'Amandine de Véramel, William Schwarzkopf était le seul à pouvoir s'acquitter de cette tâche.

Il enfila une cape noire à capuche et monta sur le pont où le tueur mutilait consciencieusement le visage et les mains d'Igor.

— Nous devons éliminer le millionnaire, lui dit-il. J'ai ordre que ça ressemble à un accident, mais tant pis pour la sauvegarde des apparences. L'essentiel est de le supprimer. Hugo n'est pas assez intelligent pour exécuter un contrat aussi délicat. Retourne au quai Voltaire et règle vite ce problème sans laisser de témoins derrière toi.

— Tout de suite ? Mais j'ai sommeil !

— Tu auras le temps de dormir quand tu seras mort.

— Et je reviens ensuite ici pour le transfert du savant à l'aérodrome ?

Le Munichois hocha négativement la tête.

— Inutile… Hugo conduira le camion et je serai avec Croquet à l'arrière. Une fois Destouches abattu, laisse la Ford au carreau du Temple, prends le premier train pour Bruxelles et attends mes ordres chez Jacquot, à la gare du Midi.

William lesta le corps d'Igor avec des pierres.

— Les poissons vont se régaler, dit-il.

— Ne le jette pas ici ! Sa carcasse va attirer les rats et je ne supporte pas ces sales bêtes. Mets-le dans la Ford. Tu t'en débarrasseras plus loin.

Schwarzkopf chargea le corps dans son véhicule.

Il roula à vive allure sous la pluie en luttant contre la fatigue.

Sa mission le rendait perplexe.

Un sentiment de lassitude l'enveloppait.

La discipline de l'organisation lui pesait.

De nombreuses Tarentules avaient payé une erreur de leur vie, et chaque membre du groupe vivait dans la peur. En cas d'arrestation, l'interdiction de se laisser prendre vivant était obligatoire. Il fallait se plaquer une grenade sur la figure pour déchiqueter ses mains et son visage.

Cette perspective morbide obsédait William. Le fanatisme aveugle de ses complices n'était maintenant plus le sien. Mais personne ne pouvait quitter la bande. Certains l'avaient tenté et l'organisation leur avait alors fait payer cette défection d'une mort atroce. Nul ne pouvait échapper aux Tarentules. Elles avaient des espions partout. Leur puissance était immense.

Avant d'appartenir au groupe, William Schwarzkopf s'appelait Rudolf Leck. Il travaillait en solitaire et tuait tous ceux qu'il dévalisait. Le commissaire Karl Lohman l'avait surpris à Berlin alors qu'il venait de poignarder un encaisseur. Un tribunal le condamna à être décapité à la hache.

C'est alors que Ludwig von Strongberg lui sauva la vie en faisant exécuter un autre homme à sa place. Rescapé du pire, l'assassin prêta serment aux Tarentules et ne discuta jamais les ordres. Devenu ainsi un rouage de cette machine meurtrière, il fit preuve de toute la cruauté qu'on lui demandait. Mais on se lasse de tout, même du crime. À sa grande surprise, William éprouvait des remords et n'avait plus le goût de tuer.

L'idée lui vint alors de se livrer à la police et de donner le nom de tous ses complices contre sa liberté. Il pouvait également indiquer l'emplacement de l'aérodrome secret d'où Amandine allait s'envoler le lendemain soir avec le professeur Croquet. L'ennui était que l'organisation lui ferait fatalement payer sa trahison.

À dix kilomètres de la péniche, il arrêta la Ford avec l'intention de jeter le cadavre mutilé d'Igor dans le fleuve, mais fut soudain pris d'une illumination. Le moyen de fuir les Tarentules sans danger lui parut possible. Les chances de succès de son plan lui semblaient si bonnes qu'un rire le secoua. Sans plus attendre, il échangea ses vêtements avec ceux du mort, délesté des pierres, dissimula le cadavre sous la banquette arrière de la voiture et reprit la route en direction de Paris.

Lors d'une précédente mission, William Schwarzkopf était resté plusieurs semaines dans le XVIIIᵉ arrondissement et en connaissait donc toutes les ruelles. C'était le lieu idéal pour organiser sa mise en scène. Il fonça vers le commissariat de Pigalle, tira plusieurs coups de feu en direction du policier en faction devant la porte, puis tourna dans une rue adjacente qu'il savait être une impasse, installa le cadavre d'Igor au volant, lui coinça une grenade entre les mains et le visage, la dégoupilla et courut s'engouffrer dans une maison abandonnée.

Les forces de l'ordre arrivaient sur les lieux.

L'explosion de la Ford freina leur progression.

Ils éteignirent ensuite l'incendie et examinèrent le corps déchiqueté.

William gagna les toits glissants, puis sauta dans un terrain vague et reprit son souffle en souriant, persuadé que les Tarentules seraient informées du suicide d'un des leurs et penseraient qu'il s'agissait de lui.

Il pouvait donc refaire sa vie sous une autre identité.

À condition d'effacer l'araignée tatouée sur sa poitrine.

11

LES COULISSES DU CABARET WANDA

Manuela Costa fit signe à l'orchestre de jouer, puis recommença son tour de chant et charma la clientèle du Wanda avec sa voix superbe. Grisé par l'alcool et le fado, Robert Desnos écrivait un poème sur la nappe blanche de sa table, sans quitter la chanteuse des yeux. Amalric était revenu dans la salle et écoutait religieusement la Portugaise.

Le pamphlétaire italien n'était pas réapparu.

Adrien en conclut qu'il avait aidé le médecin moustachu à évacuer le corps du tueur à la solde de Mussolini.

Quand elle eut terminé son récital, Manuela envoya des baisers au public, promit de revenir à Paris et gagna les coulisses sous les applaudissements.

— Comment va le malade ? demanda Destouches à Maxime lorsque la lumière revint éclairer le cabaret.

— Pas bien, si j'en crois le toubib qui l'emmène à l'hôpital. Mais ne pensons plus à cet incident. Je vais inviter la chanteuse à boire le champagne avec nous, histoire de fêter son passage.

Il se leva et se dirigea vers les loges des artistes.

— Notre ami n'a aucune chance de la séduire, ricana Desnos.

— Qu'en savez-vous ?

— Mon cher Adrien, ma connaissance des femmes est infinie. Manuela ne vit que pour son art et n'a nulle envie de se marier ou de perdre son temps en marivaudage. Elle est aussi un fantôme qui apparaît à l'improviste sur les scènes des cabarets européens, puis s'évapore ensuite on ne sait pas où. Ce mystère ajoute un halo de grâce à sa beauté. C'est un ange du bizarre.

Il commanda un cocktail, et le but en relisant son poème à mi-voix.

Les membres de l'orchestre rangèrent leurs instruments et quittèrent les lieux. La clientèle du Wanda déserta peu à peu la salle. Les minutes passaient sans que Maxime revienne à la table.

⌖

Soudain, deux coups de feu retentirent dans les coulisses.

Le détective s'y précipita et découvrit l'écrivain gisant sur le sol de la loge de la chanteuse. Sa poitrine était ensanglantée. Il avait perdu connaissance et Manuela le contemplait avec un regard effaré.

— Un homme est entré ici pendant que nous parlions, dit-elle d'une voix blanche. Il a tiré sur votre ami qui a riposté, puis s'est enfui par la fenêtre.

Adrien examina l'écrivain, constata que la balle était entrée dans la région du cœur et se tourna vers Desnos qui venait de le rejoindre.

— Appelez vite une ambulance. Sa vie tient à un fil.

Il vit alors passer une ombre de contrariété sur le visage de la chanteuse, puis aperçut une goutte de sang qui perlait peu à peu sur l'étoffe épaisse du châle enveloppant son bras et sa main droite. D'un geste brusque, il arracha le voile en saisissant le poignet de la jeune femme pour lui faire lâcher le pistolet automatique qu'elle serrait entre ses doigts, mais n'y réussit point et s'écarta pour éviter son tir. La balle se planta dans le mur.

— C'est vous qui avez abattu Maxime, dit Destouches.

Il entraîna Robert Desnos avec lui sur le sol, tandis qu'elle vidait le reste du chargeur dans leur direction.

Réalisant que l'arme n'était plus dangereuse, Adrien se releva, empoigna les cheveux de Manuela Costa et se retrouva avec une perruque brune dans les mains.

Il reconnut alors la jeune femme blonde qui avait participé à l'enlèvement du professeur Horace Croquet.

Démasquée, Amandine de Véramel assomma le détective avec la crosse de son pistolet automatique, s'échappa par la fenêtre, courut sous la pluie et grimpa dans la Trojan qui était garée dans une rue voisine.

La voiture démarra en trombe et disparut dans la nuit.

⤫

Adrien reprit connaissance et vit Desnos qui se versait à boire.

— L'ambulance arrive, dit le poète après avoir vidé son verre.

— Avec la police, ajouta le patron de l'établissement.

Destouches se releva et s'approcha de lui.

— Comment avez-vous engagé cette femme ?

— Manuela Costa est célèbre dans toute l'Europe, répondit le directeur du Wanda. Chaque grand cabaret s'honore de pouvoir l'avoir à son programme. Lorsqu'elle m'a proposé de venir chanter ici, j'en ai été ravi.

— Elle a un impresario ?

— Non, et nul point d'attache.

— L'homme qui a été victime d'un malaise au début de son récital, est-ce un client régulier ?

Son interlocuteur hocha négativement la tête.

— Pas du tout. Il est juste venu les soirs où elle chantait. C'est aussi le cas de votre ami qui est blessé.

— Et le docteur moustachu ? Et l'Italien qui l'a aidé pour sortir le malade ?

— Eux deux sont des clients réguliers. Comme M. Desnos…

Adrien comprit que la mystérieuse chanteuse avait choisi de se produire dans cet établissement pour organiser le meurtre de l'antifasciste.

Amalric venait de la démasquer cette nuit.

Et maintenant, l'agent secret se trouvait entre la vie et la mort.

— Voici l'ambulance, déclara Desnos. Et les représentants de l'ordre…

Tandis qu'on emportait Amalric, le commissaire Nicolas Stanzick inspectait méticuleusement les lieux en interrogeant les témoins.

— Comment se fait-il que la victime était armée ?

— Je l'ignore, mentit Adrien.

Le policier toisa le détective avec un large sourire.

— Vous ne portez pas de pistolet ?

— Je devrais ?

Stanzick se pencha à l'oreille de son interlocuteur et parla à voix basse.

— Monsieur Destouches, vous avez la mémoire courte. Avant d'être mis en poste dans le quartier, j'ai longtemps travaillé avec Cyprien Grenier. Même si ses rapports ne vous mentionnent jamais dans le succès de ses enquêtes, je sais la part que vous y prenez. Il est donc inutile de me faire des cachotteries.

Adrien chuchota à son tour.

— Votre hiérarchie décidera de ce que vous devez ou non apprendre. C'est une affaire très grave.

Le commissaire poussa un soupir.

— Dans ce cas, vous pouvez rentrer dormir.

Le téléphone sonna.

— C'est pour monsieur Destouches, dit le patron du Wanda après avoir pris la communication. De la part du commissaire Grenier.

Le détective saisit le combiné.

— Vous aviez raison, dit son correspondant. Les Tarentules sont à Paris. Un homme de la bande a tiré sur le commissariat de Pigalle puis s'est fait sauter la tête et les mains dans sa voiture, mais nous avons découvert une araignée tatouée sur son cœur.

— Je vous verrai demain matin, Cyprien.

À peine avait-il raccroché l'appareil qu'une nouvelle sonnerie retentit.

Adrien porta le combiné à l'oreille.

— C'est Lulu, dit une voix féminine. Cédric m'a dit que vous étiez là. Il en a aussi informé le commissaire Grenier.

— Oui. Je viens de lui parler.

— On a trouvé un membre des Tarentules.

— Mort et défiguré… Cyprien m'a mis au courant.

— Pas du tout. Il est bien vivant. Mais ça va coûter cher. Le docteur Scalpel vous attend. Dans son laboratoire… Et il est gourmand. Apportez donc l'or tout de suite. Avant qu'il traite avec les Tarentules.

12

LE CHIRURGIEN DES BAS-FONDS

Adrien Destouches conduisait la Riekenbacker de Maxime Amalric sous la pluie diluvienne qui tombait toujours sur Paris. En roulant vers le quai Voltaire, il espérait que le romancier ne succombe pas à sa terrible blessure, mais la double identité de son ami lui posait un problème moral. Le détective n'avait jamais travaillé pour les services secrets français. Collaborer anonymement avec la police répondait à sa vocation de combattre le crime. Son implication actuelle dans l'enquête sur l'enlèvement du professeur Croquet trouvait sa légitimité dans le désir de mettre fin aux méfaits sanglants de la bande des Tarentules. Mais les activités d'espionnage lui déplaisaient au plus haut point, car elles exigeaient une obéissance aveugle et ses serviteurs devaient tuer si l'ordre leur en était donné.

La manière dont Maxime Amalric avait exécuté le fasciste italien au Wanda lui prouvait qu'il était bien un assassin professionnel au service de l'État. Cela le révulsait, même s'il admettait que cet acte criminel avait sauvé la vie du romancier Giuseppe Leonetti. Car le détective refusait toujours d'abattre ses ennemis. Il n'avait pas de sang sur les mains. Son audace lui permettait de livrer les bandits vivants au commissaire Grenier. Habile au tir, il s'appliquait à désarmer ou blesser ses adversaires. En cas de poursuite automobile, les pneus des voitures étaient ses cibles. Quant à son activité de voleur sous le nom de Corentin, elle n'était jamais assortie de violence. C'est la raison pour laquelle il ne pouvait pas supporter que toute la presse l'accuse du meurtre de Léopold Villaurand et il soupçonnait maintenant Amalric d'avoir tranché la gorge de l'industriel à la demande de ses chefs des services secrets français.

~

Parvenu dans la cour de son hôtel particulier, il gara la voiture, grimpa au premier étage, ouvrit son coffre-fort et y prit un sac de pièces d'or.

— Vous allez repartir, dit une voix derrière lui.

— Tu ferais mieux de dormir, répondit Destouches en se retournant.

Cédric leva les yeux au ciel.

— C'est facile à dire alors que la sonnerie du téléphone me réveille tout le temps. Le commissaire Cyprien Grenier et Lulu la Biche voulaient vous joindre d'urgence et...

— Je leur ai parlé. Va au lit.

— Inutile. Je n'ai plus sommeil. C'est possible de vous accompagner ?

Le détective ne souhaitait pas exposer l'adolescent au danger.

— Il vaut mieux que tu gardes la maison.

Cédric fronça les sourcils.

— Vous craignez de mauvaises visites ?

— J'en ai peur. Tu sais quoi faire dans ce cas ?

— Prendre le fusil et tirer dans les jambes, puis déclencher le système de sécurité qui abaisse les rideaux d'acier. Je l'ai déjà fait avec la bande à Radar.

Adrien approuva d'un mouvement de tête et quitta les lieux.

Vingt minutes plus tard, il sonnait à la grille d'une maison délabrée dans la rue des Trois-Frères.

~

Un bossu apparut sur le perron de la maison et braqua une lampe torche en direction du visiteur.

Deux dobermans l'escortaient en aboyant.

— Destouches ! cria le détective.

L'homme gloussa et vint lui ouvrir.

— Je me demandais quand vous alliez venir, dit-il en refermant la grille.

— Mon cher Scalpel, j'ai fait aussi vite que j'ai pu.

— Vous avez l'or ?

— Toujours quand j'ai affaire aux gens de votre sorte.

— Alors, entrez donc.

Les deux hommes pénétrèrent dans une grande pièce tapissée d'étagères sur lesquelles étaient alignés des vieux grimoires, des squelettes d'oiseaux et des bocaux contenant des reptiles conservés dans le formol. Le plafond se craquelait de toute part. Une âcre odeur de produits chimiques flottait dans l'air et William Schwarzkopf gisait sur un fauteuil éventré.

— Une petite piqûre l'a endormi, ricana le bossu. Il en a encore pour une bonne dizaine de minutes avant de se réveiller. Cela nous laisse tout le temps de parler affaire.

Ah, je vous montre que ce personnage est bien un membre des Tarentules.

Il découvrit la poitrine de l'homme et désigna la petite araignée tatouée.

— Vous le connaissez ? demanda le détective.

— Non. Un de mes rabatteurs de Pigalle me l'a amené tout à l'heure pour que je lui ôte son tatouage arachnéen. Sachant que vous étiez prêt à payer une information sur cette bande, je lui ai injecté un somnifère et fait prévenir Lulu afin qu'elle vous avertisse de la situation. J'avoue avoir hésité entre vous et les Tarentules. Ils sont très généreux.

— Vous êtes donc en relation avec eux ?

— Mon ami, je suis médecin et chirurgien. Rayé de l'Ordre, il est vrai. Mais ça ne m'empêche pas de respecter le secret professionnel. Vous ne saurez donc rien de ce qui me rattache à ces bandits. Tout ce que je peux vous dire, c'est qu'ils ne pardonnent jamais à ceux qui les trahissent ou essaient de les quitter, comme le souhaite ce type dans mon fauteuil.

— Il vous l'a dit ?

Scalpel afficha un sourire édenté.

— Pas du tout, mais pourquoi voudrait-il effacer sa petite araignée s'il ne veut pas échapper à la bande ? Maintenant, payez-moi.

Adrien lui donna ce qu'il avait pris dans son coffre.

— Cela ira ?

Le bossu compta les pièces d'or et les enfouit ensuite dans sa poche.

— C'est un plaisir de traiter avec vous.

Destouches s'approcha de William Schwarzkopf.

— Je crois qu'il se réveille.

— L'homme à l'Hispano, balbutia l'Allemand en reconnaissant Adrien.

— Mais vous êtes de vieilles connaissances, ricana le chirurgien.

— Tu veux quitter les Tarentules ? demanda le détective.

Son interlocuteur baissa les yeux sur sa poitrine et constata qu'il portait toujours son tatouage.

— Vous ne m'avez rien fait, dit-il au docteur. J'ai payé, pourtant.

— Procédez à l'opération, ordonna Adrien.

Scalpel haussa les épaules.

— Je veux bien, mais elle ne le sauvera pas de la vengeance de sa bande. Ils connaissent son visage. Tôt ou tard, il y passera.

Le criminel pâlit.

— J'accepterais bien de collaborer avec la police, mais il y a des membres des Tarentules infiltrés dans ses services. Si je dis tout ce que je sais, vous m'aiderez à partir le plus loin possible ? Moi, je veux changer d'existence, avoir encore un autre nom et ne plus jamais tuer…

Destouches prit alors une décision.

— Je t'engage à mon service. Mais prouve-moi ta loyauté en me disant où est emprisonné le professeur Horace Croquet. Sinon, tu peux quitter tout de suite cette maison et vivre dans la peur que tes complices te retrouvent.

William Schwarzkopf indiqua l'emplacement de la péniche et ajouta que le savant devait être conduit à l'aérodrome secret de La Garenne-Colombes pour s'envoler vers l'étranger.

Adrien nota toutes ces informations, puis saisit le bandit par les cheveux.

— Et qui a égorgé Léopold Villaurand ?

— Amandine de Véramel, sur ordre du chef.

— Quel est le nom de celui qui commande les Tarentules ?

— Je l'ignore. En dehors d'Amandine, personne ne l'a jamais vu.

Adrien se tourna vers Scalpel.

— Vous pouvez l'opérer.

L'Allemand sourit de soulagement.

— Le toubib va m'enlever l'araignée… Je vous remercie…

— Il va aussi te faire un nouveau visage, précisa Destouches.

— C'est dans mes cordes, dit Scalpel. À condition de ne pas exiger qu'il ait une figure de jeune premier. Mais ça coûte cher et…

Le détective l'interrompit :

— Lulu vous apportera une nouvelle bourse d'or.

— Il en faudra deux…

— C'est d'accord. Où est le téléphone ?

— Derrière la collection de têtes réduites de Jivaros.

Adrien appela l'hôpital et fut heureux d'apprendre qu'Amalric survivrait à sa blessure.

— Et maintenant, je vais te charcuter, gloussa le bossu en clignant de l'œil en direction de William Schwarzkopf, qui avala difficilement sa salive.

13

L'HOMME À LA MOTO

Ludwig von Strongberg fut réveillé par le vrombisse-ment du moteur d'une moto qui approchait de la péniche.

Il bondit de sa couchette, enfila ses vêtements et monta sur le pont.

Hugo y était déjà, un Browning à la main.

Le vent secouait les branches des arbres sur les berges. La pluie tombait toujours. Elle empêchait de distinguer quoi que ce soit à plus de vingt mètres.

Trois coups de trompe retentirent alors, suivis de quatre autres.

Le balafré baissa aussitôt le bras armé de son complice.

— C'est Numéro 7.

L'engin à deux roues sortit du bois. Il était chevauché par un homme au visage caché par de grosses lunettes de route. Des éclaboussures de boue maculaient son casque de pilote et sa combinaison de cuir noir.

— Vous devez filer tout de suite, dit-il sans couper les gaz. Mes collègues de la police sont en route pour vous assiéger. Ce Destouches de malheur leur a indiqué cette cachette. Heureusement que j'étais là quand le commissaire Cyprien Grenier a réuni les inspecteurs pour préparer l'opération. Dépêchez-vous. Il n'y a pas une minute à perdre. Leurs voitures ne sont qu'à quelques kilomètres d'ici.

— Va chercher le professeur, ordonna Ludwig à Hugo.

— Quelqu'un a trahi, ajouta Numéro 7.

— Ce ne peut être que William, cria l'Allemand. Je l'avais chargé de nous débarrasser de ce millionnaire trop curieux. Le chien, il a…

— Vous faites fausse route, l'interrompit le motard. Schwarzkopf s'est fait sauter le visage et les mains pour ne pas être identifié par la police qui était à sa poursuite dans le quartier de Pigalle. J'ai pu examiner les restes de son cadavre dans les débris calcinés de sa Ford et j'ai reconnu ses vêtements. Il portait toujours la même veste bavaroise, par superstition.

L'Allemand poussa un juron dans sa langue natale, puis reprit son calme.

— Ce ne peut quand même pas être Amandine de Véramel qui a été tout raconté à ce damné millionnaire !

— Et Igor ? Il n'est pas avec vous ?

Ludwig secoua négativement la tête.

— Non. Je l'ai exécuté pour incompétence, comme le veut la règle.

L'homme à la moto s'impatienta.

— Pour l'instant, l'essentiel est de filer.

Son interlocuteur lui adressa un sourire grimaçant.

— Pas avant d'avoir préparé une mauvaise surprise à nos visiteurs.

Hugo remonta de la cale en compagnie de Croquet.

— Je n'ai même plus le droit de dormir, protesta le savant. Et vous n'avez même pas de parapluie. Avec ce temps pourri, je vais attraper un rhume, moi.

— Ligote-le à l'arrière du camion, dit l'Allemand. Et mets-lui un bâillon pour qu'on n'entende plus ses jérémiades.

— N'allez pas à l'aérodrome de La Garenne-Colombes, avertit Numéro 7. Ce damné Destouches en a aussi parlé au commissaire.

Von Strongberg esquissa un sourire diabolique en songeant qu'Amandine de Véramel ne savait absolument rien des événements actuels. Ce n'était pas pour lui déplaire. L'aventurière risquait de se retrouver face à la police quand elle se rendrait là-bas pour prendre son avion. Elle devrait alors mettre fin à ses jours pour éviter sa capture. Cette perspective macabre l'enchantait. Il serait enfin débarrassé d'elle et reprendrait sa place de favori auprès du chef.

— Qu'allez-vous faire pour livrer Croquet ? demanda le motard.

— Ce n'est pas un problème. Nous quitterons la France par un autre moyen que la voie des airs.

— Mais partez d'ici au plus vite. Mes collègues ne vont pas tarder.

Ludwig eut un geste d'agacement.

— J'en ai pour une ou deux minutes. Le dispositif de sabordage est déjà en place. Il suffit d'amorcer le piège et lorsque quelqu'un mettra le pied sur le pont, la péniche explosera au bout de dix secondes.

Il retourna dans la cale.

Numéro 7 démarra en direction de Paris.

À quelques kilomètres de là, Cyprien Grenier et ses hommes roulaient en convoi dans la nuit finissante.

Le commissaire était assis à côté d'Adrien dans la Riekenbacker d'Amalric.

Il soliloquait avec grandiloquence.

— Je vais délivrer le professeur Horace Croquet grâce à vous, mon bon ami. Une victoire sur les Tarentules, c'est formidable pour mon avancement. Je ne sais pas quelles sont vos sources, mais j'ai confiance en vous. Nous vivons un grand moment de la police française. Demain, la presse vantera mon exploit. Quelle gloire en perspective !

— Ne vendez pas la peau de l'ours avant de l'avoir tué, dit le détective. Ces monstres vont défendre chèrement leur peau. Leur donner l'assaut est une chose impossible si nous voulons récupérer Horace Croquet vivant.

Grenier s'étonna.

— Que voulez-vous dire ?

— Ils le tueront avant de se donner la mort.

— Ce que vous êtes pessimiste…

Destouches conservait son sang-froid. Avant d'alerter la police, il avait eu le temps de remettre l'or pour Scalpel à Lulu la Biche en lui donnant ordre de ne le payer qu'après l'intervention chirurgicale sur le visage de Schwarzkopf. Elle devait aussi placer plusieurs hommes en surveillance devant la maison du bossu afin qu'il ne les trahisse pas en contactant les Tarentules.

Sa voiture quitta la route principale, obliqua vers le fleuve et roula lentement le long des berges.

— D'après mon informateur, le savant est prisonnier dans la cale de cette péniche et il ne reste que deux Tarentules à bord. Un membre important de la bande : Ludwig von Strongberg. L'autre, c'est Hugo, un comparse sans intelligence qui sert de geôlier au professeur. J'ai un plan pour empêcher un affrontement fatal. Arrêtons-nous ici et continuons à pied.

— Sous la pluie et dans la boue ! s'exclama le commissaire.

— Exactement.

Il gara la voiture.

Le commissaire en descendit pour prévenir ses inspecteurs de la stratégie imaginée par Destouches.

Ils avancèrent en file indienne dans l'obscurité.

À leur passage, des rats plongeaient dans l'eau noire de la Seine.

— La péniche, murmura enfin Adrien.

— Vous avez de bons yeux. Moi, je ne vois rien.

— Normal… Avec toute l'eau qui coule du bord de votre chapeau melon, vous ne pouvez pas apercevoir grand-chose.

Cyprien ôta son couvre-chef en grommelant.

— Je déteste avoir les cheveux mouillés. Ah, je la vois. Sur la gauche…

— Postez vos inspecteurs tout autour en veillant à ce qu'ils se dissimulent le mieux possible derrière les arbres. Moi, je vais me glisser sur le pont, puis descendre dans la cale, mettre le dénommé Hugo hors d'état de nuire et faire descendre Horace Croquet de la péniche. Ensuite, je vais tenter de surprendre l'autre crapule avant qu'il se fasse sauter à la grenade. N'intervenez surtout pas sans mon ordre.

— C'est juré, affirma le commissaire en levant la main droite.

Destouches attendit que ses instructions soient transmises pour ramper en direction de la péniche.

Il atteignit le bastingage, se hissa à bord, posa le pied sur le pont et prit bien garde à ne faire aucun bruit en allant vers la cale.

C'est alors qu'une terrible explosion le projeta dans les airs.

14

ENTRE LA VIE ET LA MORT

É clairé par les flammes qui dévastaient la péniche, Cyprien Grenier fit le signe de la croix et ne put retenir ses larmes.

— Mon pauvre Adrien, dit-il dans un sanglot.

Le jour se levait sur ce désastre.

Les policiers titubaient d'étourdissement.

Ils avaient encore le bruit de l'explosion dans les oreilles.

— Là-bas, cria soudain l'inspecteur Roger Valin en désignant un corps qui flottait à la surface de l'eau. C'est Destouches !

Il plongea dans le fleuve pour ramener le détective sur la berge.

Le commissaire se pencha sur son ami inanimé.

— C'est un miracle, dit-il. Vivant !

— Sa respiration est très faible, nuança pourtant son sauveteur. Je crains qu'il n'en réchappe pas.

— Va chercher la Riekenbacker pour l'emmener à l'hôpital le plus proche.

L'inspecteur s'exécuta sans attendre.

Cyprien se tourna ensuite vers ses hommes et leur demanda de vérifier si d'autres personnes se trouvaient à bord de l'embarcation.

— Faudrait des scaphandriers, indiqua l'un d'eux.

L'inspecteur Paul Chevalier prit le commissaire à part.

— J'ai remarqué qu'il n'y a aucun véhicule garé dans les alentours, mais il y a des traces fraîches d'un camion parti depuis peu. L'empreinte de ses pneus est bien visible dans la boue. De surcroît, avec ce temps pourri, je pense que personne n'a pu nous voir arriver sur les lieux. J'en déduis donc que nos lascars avaient déjà pris la poudre d'escampette, après avoir piégé la péniche. Vous n'êtes pas d'accord avec moi ?

Grenier fit preuve d'une mauvaise foi confondante.

— C'est ce que j'étais en train de penser. Toutefois, nous allons vérifier si d'autres personnes ont péri dans l'explosion. Pure routine.

Son interlocuteur haussa les épaules.

— Vous êtes le patron…

À présent, les débris du bateau fumaient sous la pluie.

Des rats et des poissons morts dérivaient sur le fleuve.

Une nappe de mazout flambait encore.

Quelques minutes plus tard, Valin revint au volant de la Riekenbacker. Il chargea le corps du détective à l'arrière. Cyprien grimpa dans le véhicule et délégua la suite des opérations à Chevalier.

— Accrochez-vous bien, lui dit Roger. On va foncer.

— Soyez prudent, inspecteur… J'ai horreur de la vitesse.

Le conducteur ne respecta guère cette recommandation.

Il roula à toute allure sur les routes boueuses.

Grenier fermait les yeux en tremblant de tous ses membres.

Ils parvinrent à Saint-Germain-en-Laye et garèrent le véhicule dans la cour d'une clinique privée. Des infirmiers s'occupèrent aussitôt de Destouches et du commissaire, rendu malade par la rapidité de la course. Pendant qu'on donnait des soins à son supérieur, Valin écouta le diagnostic du docteur Jean Narboni en ce qui concernait le détective.

— Apparemment, il n'y a aucune lésion interne ni externe. Le patient est sous l'effet d'un choc qui l'a tétanisé. Mais il est d'une faiblesse inquiétante et respire très mal.

Roger Valin expliqua les circonstances responsables de l'état d'Adrien.

— Il a été projeté par l'explosion, vous comprenez.

— Très bien… Cependant, si je n'ai constaté aucun dommage corporel, il n'est pas certain qu'il revienne à lui.

Un homme en blouse blanche entra dans le bureau.

— Le commissaire a une jaunisse.

— Il a eu peur en voiture, soupira le policier. J'ai roulé trop vite pour lui.

— Vous n'aviez sans doute pas le choix, dit Narboni.

— Vu l'état de Destouches… Je peux voir mon chef…

— Bien sûr. Il n'est pas contagieux.

Ils se rendirent dans la chambre de Cyprien Grenier, qui s'enquit tout de suite de la santé d'Adrien.

— Il est entre la vie et la mort, déclara le docteur.

— Et moi ?

— Je vous garde quelques jours en observation, mais votre cas est bénin.

Le commissaire baissa la voix.

— Rendez-moi un service. Que personne ne sache que j'ai la jaunisse. Dans mon métier, c'est mauvais pour l'avancement d'être malade de peur. Surtout que j'ai la réputation d'être un policier héroïque…

Le médecin sortit de la chambre sans répondre.

— Quels sont les ordres ? demanda Valin.

— Si vous croyez que j'ai la tête à réfléchir !

— Patron, vous êtes d'un égoïsme incroyable. Destouches est à l'agonie. Les Tarentules retiennent toujours prisonnier Horace Croquet et vous avez comme unique souci de sauvegarder votre gloriole de meilleur limier de la police française. Les collègues et moi acceptons cette sale imposture parce qu'Adrien nous l'a fait promettre, mais s'il décède la vérité éclatera.

Cyprien passa une main tremblante sur son visage jauni.

— Ne vous fâchez pas, mon vieux. Il reste encore une possibilité de sauver le professeur des mains de ces bandits. Destouches m'a parlé d'un aérodrome secret à La Garenne-Colombes. Un avion doit venir y chercher le professeur pour le conduire à l'étranger. Ce soir… Je vous délègue donc mes pouvoirs. Si tout se passe bien, nous partagerons ensemble la gloire d'avoir récupéré Croquet. Ce sera bon pour votre avancement, comme pour le mien.

— Ce sera surtout bon pour le savant, soupira l'inspecteur en quittant la chambre pour se rendre au chevet du détective.

Une jeune infirmière veillait sur lui.

— Votre ami est très faible, chuchota-t-elle.

Valin se mordit les lèvres pour ne pas crier sa colère.

Il regagna la cour et monta dans la Riekenbacker afin de rejoindre Paris et préparer une souricière à l'aérodrome clandestin de La Garenne-Colombes.

L'un de ses informateurs devait connaître cet emplacement secret.

La pluie tombait toujours d'abondance et le vent ne faiblissait pas quand il gara la voiture dans la cour de la préfecture.

L'horloge marquait 11 heures.

Cela laissait peu de temps pour imaginer un plan d'attaque qui ne mette pas en danger la vie du savant. L'inspecteur Jules Ferron lui semblait être le plus apte à le seconder dans cette opération difficile. Il le chercha dans tous les bureaux sans le trouver.

Pestant contre ce contretemps, Valin réunit des hommes du service et les envoya cueillir les indicateurs dont il avait besoin.

L'après-midi était déjà bien avancé lorsque Fred le Loustic consentit à lui donner tous les détails sur l'aérodrome secret de La Garenne-Colombes.

C'est alors qu'un homme entra dans la pièce.

— Tu m'as demandé, Roger ?

— Oui. Nous allons nous mesurer aux Tarentules qui doivent embarquer le professeur Horace Croquet par avion ce soir.

— C'est parfait, répondit Jules Ferron.

Il ôta son casque de motard et ses grosses lunettes de route, tout en se félicitant d'avoir dissuadé Ludwing von Strongberg de transférer le savant par la voie des airs.

15

LA SOURICIÈRE

Assise devant la coiffeuse de sa suite au Claridge, Amandine de Véramel peignait sa longue chevelure blonde en ressassant les événements de la veille. Après sa fuite en catastrophe du cabaret Wanda, craignant que le numéro d'immatriculation de la Trojan la trahisse, elle avait abandonné cette voiture dans une impasse du Quartier latin, puis s'était fait conduire en taxi de l'autre côté de la Seine où une magnifique Pierce-Arrow était garée rue de la Paix, en cas de besoin, car l'aventurière prévoyait toujours des solutions de rechange afin de mieux brouiller les pistes. Malgré l'heure avancée de la nuit, elle obtint sans difficulté une chambre dans ce palace des Champs-Élysées, et parvint à dormir pendant quelques heures. À présent, les cloches de toutes les églises de Paris sonnaient midi. Le ciel était couvert de nuages gris. La pluie tombait encore sur la ville.

Ce mauvais temps de fin novembre laissait la jeune femme indifférente. Cependant, un fort sentiment de tristesse commençait à l'envahir. C'était toujours ainsi lorsqu'elle essuyait un échec. L'autre soir, sa main n'avait pas tremblé en tirant sur Amalric, mais la balle avait pourtant manqué de peu le cœur de l'agent secret, qui n'était peut-être pas mort. Elle regrettait aussi que sa fausse identité de Manuela Costa ne puisse désormais plus lui servir. Le millionnaire Destouches en était en grande partie responsable et Amandine ne parvenait pas à comprendre pourquoi les membres de sa bande ne l'avaient pas éliminée, comme il était prévu. La priorité du transfert du savant à l'étranger l'empêchait de régler personnellement cette affaire. Il n'était plus question de courir des risques, même si sa haine pour le détective augmentait de minute en minute.

Sa blessure au bras la faisait souffrir. Pas assez toutefois pour l'empêcher de piloter l'aéroplane qui emmènerait le professeur Horace Croquet au-delà de la frontière, mais suffisamment pour lui donner une mauvaise fièvre.

Elle examina sa plaie, la désinfecta avec de l'eau de Cologne et la pansa à l'aide d'une écharpe de soie blanche, puis s'habilla lentement, descendit à la réception, paya la note, quitta le palace, monta dans sa voiture et démarra en direction de la Seine-et-Oise pour aller voir Mathieu, son petit garçon qu'elle avait confié à un vieux couple de Frépillon.

Pendant le trajet, l'aventurière oublia tout de sa vie criminelle et redevint une mère heureuse de rendre visite à son enfant qui vivait si loin d'elle.

Personne ne connaissait l'existence de ce fils, pas même Sigismond Adler, le chef des Tarentules. Amandine de Véramel observait d'ailleurs beaucoup de précautions pour protéger ce grand secret. Sous son véritable nom de Janine Pureaumel, elle avait passé une jeunesse malheureuse dans sa ville natale de Caen. Confiée à une tutrice méchante après la mort de ses parents, elle avait épousé Gaétan Balland pour échapper à la mégère et vite découvert que cet homme calme et séduisant n'était autre qu'un bandit sans foi ni pitié. Mais elle ne s'en offusqua pas et devint même sa complice.

Il lui apprit le maniement des armes à feu et le pilotage de divers engins. Ensemble, ils commirent plusieurs crimes qui défrayèrent la chronique des faits divers dans tout l'Hexagone au cours des trois années qui suivirent la fin de la Première Guerre mondiale, jusqu'à ce que le truand se fasse prendre par la police au cours d'une attaque de banque qu'il effectuait seul, à Lisieux. En résistant à son arrestation, Gaétan tua un policier et fut ensuite condamné à être guillotiné. Mathieu naquit quelques jours avant l'exécution et sa mère le mit vite en nourrice, changea de nom et commit de spectaculaires forfaits qui attirèrent l'attention de Sigismond Adler. Celui-ci la contacta et lui fit changer de nom après l'avoir enrôlée dans sa bande des Tarentules.

Amandine s'y distingua par sa grande cruauté.

∿

Sa blessure lui faisant de plus en plus mal, elle entra dans Pontoise et se rendit chez un docteur pour qu'il l'examine.

— Je vois une vilaine plaie, maugréa le médecin. Comment c'est arrivé ?

— Une balle perdue m'a éraflée, la nuit dernière, pendant une fusillade dans un dancing. Je n'ai pas pensé que ça s'infecterait.

— Nous allons faire un curetage… Une piqûre va vous anesthésier…

— C'est inutile, l'interrompit l'aventurière. Je ne suis pas douillette.

Le ton autoritaire de la jeune femme troubla le praticien.

— Ce sera douloureux.

— Dépêchez-vous, ordonna Amandine. J'ai un avion à prendre.

Elle serra les dents pendant qu'il cautérisait la blessure, prenant toutefois garde à dissimuler la petite araignée tatouée sous son sein gauche.

Soulagée par ces soins, l'aventurière rallia ensuite Frépillon et passa plus d'une heure avec Mathieu, qui se réjouissait de la visite.

— Tu reviendras me voir pour Noël ? demanda-t-il quand sa mère remonta dans l'automobile.

— Je ferai tout mon possible, promit-elle.

— Moi, je prierai tous les jours pour toi, dit le gamin.

Elle l'embrassa tendrement et mit le moteur en marche.

L'enfant regarda la Pierce-Arrow s'éloigner sous la pluie.

Les yeux fixés sur la route, Amandine tentait de maîtriser son émotion.

La nuit commençait à tomber.

~

Au même moment, autour de l'aérodrome de La Garenne-Colombes, Roger Valin disposait ses hommes de façon à pouvoir surprendre les ravisseurs du professeur Horace Croquet.

Son collègue Jules Ferron s'était porté volontaire pour garder le hangar où se trouvait l'avion, espérant de la sorte permettre à sa complice d'échapper au piège tendu par les policiers qui surveillaient la route et les alentours, sans savoir qu'un passage souterrain reliait une cahute du bois voisin au bâtiment abritant l'aéroplane.

Épuisé par le manque de sommeil, l'inspecteur Paul Chevalier chuchotait son rapport à l'oreille du chef de l'expédition.

— Personne ne se trouvait dans la péniche. C'est comme si quelqu'un les avait prévenus de notre arrivée. Je ne vois que cette explication.

— Cela voudrait dire qu'il y a un membre des Tarentules dans notre service, répondit Roger à voix basse. Ce mouchard les a peut-être informés que nous établissons une souricière ici. Je n'aime pas ça. Jules Ferron est tout seul près de la piste. Je vais le rejoindre au cas où ces bandits réussiraient à gagner l'avion par un passage secret. Avec eux, tout est possible.

Le policier rampa en direction de la piste.

Un bruit de trappe qui s'ouvrait annonça l'arrivée d'Amandine de Véramel dans le hangar.

Elle s'étonna de la présence de Numéro 7.

— Tout est annulé, lui dit ce dernier. Le professeur Horace Croquet ne part plus par la voie des airs. Ludwig se charge de son transfert. L'aérodrome est cerné. Retournez à la cahute et filez d'ici avant qu'on vous repère.

— Levez tous les deux les mains, ordonna l'inspecteur Valin en pénétrant dans le hangar. J'ai entendu votre petite conversation. C'est donc toi, Ferron, qui est à la solde des Tarentules !

Il n'en dit pas plus.

D'un geste vif, Amandine avait brandi un Luger et fait feu sur lui.

L'inspecteur s'écroula, touché au cœur.

— Tirez sur moi et prenez l'avion, cria Numéro 7. C'est votre seule chance de leur échapper.

Elle grimpa dans l'appareil, mit le moteur en marche, puis logea une balle dans la main gauche de son complice.

Les policiers envahirent la piste quand l'avion décolla.

Ils vidèrent leur chargeur dans sa direction, mais l'engin avait déjà disparu dans un ciel d'encre.

— C'était un homme seul, cria Ferron. Le savant n'était pas avec lui.

— Tu es blessé ? demanda Paul Chevalier.

— Le gars nous a surpris en sortant soudain d'une trappe. Il a tout de suite tué ce pauvre Varin. Moi, j'ai eu la chance de n'être touché qu'à la main.

16

LE CIRQUE MARCO DI VENEZIA

Après avoir roulé toute la journée sous les intempéries, le camion conduit par von Strongberg entra dans la ville de Lille et se dirigea vers les remparts construits selon les plans de Vauban. Un chapiteau de cirque, des manèges de chevaux de bois, des baraques d'exhibitions de phénomènes, des stands de tir à la carabine, des loteries, des carrioles de barbe à papa, un train fantôme et un circuit d'autotamponneuses occupaient un terrain en bordure du canal de la Deûle, mais le mauvais temps empêchait la fête foraine de se dérouler. Les cris des animaux de la ménagerie se mêlaient au souffle du vent.

L'Allemand descendit prestement de son véhicule, alluma une cigarette de tabac turc et courut sous la pluie et dans la boue jusqu'à une roulotte peinte en noir avec une main rouge dessinée sur la porte.

Il frappa deux coups à la paroi puis un autre.

Un homme en robe de chambre vermillon lui ouvrit.

— J'ai besoin de toi, lui dit le balafré en italien.

— Monte et bois un verre de chianti, répondit l'individu.

Ludwig s'installa au sec, ingurgita le vin et poussa un soupir.

— Le professeur Horace Croquet n'a pas pu être transféré à l'étranger par avion, Marco. La police française était au courant de l'opération. Quelqu'un de notre bande a trahi. Heureusement que Numéro 7 a pu me prévenir à temps. Le savant reste mon prisonnier. J'ai décidé de lui faire passer la frontière avec ton cirque. Dès l'aube, nous partirons vers la Suisse. C'est un ordre.

Son interlocuteur esquissa un sourire soumis.

— Je ferai tout ce que tu voudras. Néanmoins, il serait prudent de quitter la France ce soir et passer par la Belgique et l'Allemagne, où j'ai signé pour quelques représentations. Tu as pu prévenir le chef de la situation ?

— Pas encore.

— Dès que le temps se calmera, je lui enverrai un pigeon voyageur.

— Très bien.

Il revint au camion avec des provisions et du vin, grimpa à l'arrière et fit glisser le bâillon de la bouche du professeur.

— J'ai entendu rugir des fauves, dit Croquet. Vous ne m'avez quand même pas conduit en Afrique ? J'ai horreur des grosses chaleurs, et puis…

— Mangez, l'interrompit l'Allemand en lui tendant du pain et du salami.

— Jamais de charcuterie, refusa le savant. Cela me donne des boutons.

Von Strongberg alluma une cigarette.

— Allez fumer ailleurs ! s'emporta le savant. Je ne supporte absolument pas l'odeur du tabac. D'ailleurs, la nicotine nuit gravement à la santé. Vos poumons doivent être dans un triste état. Vous n'allez pas faire de vieux os.

Ludwig se retint d'assommer le vieux bonhomme.

— Prenez des forces au lieu de râler, professeur.

— Alors, apportez-moi un chapon ou une sole meunière avec des asperges, une sauce aurore et de la tarte aux fraises.

— J'en prendrai bien aussi, intervint Hugo en salivant de gourmandise.

— Bâillonne-le ! cria le balafré. Je ne veux plus l'entendre.

Il les quitta et retourna voir Marco, qui répétait un tour de magie.

— Je n'ai jamais vu quelqu'un d'aussi capricieux que ce damné Croquet. Tu ne peux pas savoir combien il m'agace. Vivement que j'en sois débarrassé.

Le directeur de cirque sourit.

— Une visite aux tigres te ferait plaisir ? J'en ai acheté trois à Madrid. Des bêtes superbes... Mais il m'a fallu engager un dompteur. Lors d'une attaque de banque en Aragon, ce brave Sergio s'est fait exploser à la grenade pour ne pas être pris vivant par la police.

L'Allemand sursauta.

— Le nouveau dresseur de fauves fait partie des Tarentules ?

Son interlocuteur ne put masquer sa gêne.

— Non. Je le tiens à l'écart quand nous devons agir. Il ne se doute de rien. C'est Vladimir Miskovic, qui a fui sa Russie natale à la révolution d'Octobre. Je sais avoir commis une faute en lui signant un contrat, mais sa notoriété en Europe attire le public. Pour que mon cirque soit une excellente couverture à nos agissements, je dois présenter un spectacle alléchant. Il est ma vedette. Mais rassure-toi, Ludwig, seul son métier l'intéresse. Il vit avec ses fauves et ne parle à personne.

Von Strongberg sortit le serpent venimeux de sa poche et joua avec lui en parlant à Marco.

— Cette nuit, fais repeindre mon camion et inscrire le nom de ton cirque dessus. Pour dissuader les douaniers de le fouiller, j'installerai la cage d'un des tigres à l'intérieur et dissimulerai le professeur derrière. Allons choisir le fauve qui pourrait faire l'affaire.

L'Italien mit un chapeau et s'enveloppa d'une longue cape.

Les deux hommes sortirent de la roulotte, avancèrent péniblement dans la boue jusqu'à la ménagerie et y pénétrèrent.

Un moustachu buvait de la vodka en contemplant les fauves, qui cessèrent immédiatement de grogner à l'approche du Munichois.

— Mes chéris ont l'air de vous craindre, déclara Vladimir Miskovic. Ce n'est pourtant pas dans leur habitude. Mais, ce n'est pas possible ! Vous n'êtes donc pas mort ? Vous êtes…

Avant que son véritable nom soit prononcé par le Russe, Ludwig lui jeta le serpent au visage. L'homme sentit alors que le reptile le piquait à la joue. Il s'écroula sur la paille et perdit instantanément la vie.

— Était-il bien nécessaire de le tuer ? demanda Marco.

— Notre organisation doit fonctionner comme une machine, répondit von Strongberg en allumant une cigarette. Aucun rouage étranger ne peut y être ajusté. J'ai réparé ton erreur. Logiquement, je devrais te supprimer aussi. Tu connais la règle. Mais je vais faire une exception. Tu vivras et cette histoire restera entre nous. Pendant la durée du voyage en direction de la Suisse, je vais prendre la fonction et l'identité de ce dompteur. Comme tu es le seul à le savoir, je connais le métier. Tu me procureras une fausse moustache et me donneras ses papiers. Une fois ma cicatrice dissimulée sous une couche de fond de teint, notre ressemblance sera presque parfaite.

Il récupéra le reptile, le glissa dans sa poche puis entra dans la cage aux tigres, qui reculèrent avec crainte.

— Ils savent déjà que je suis leur maître, triompha le balafré.

17

LA RÉSURRECTION

Cédric ne tenait pas en place depuis que Cyprien Grenier l'avait joint par téléphone pour l'informer de l'état catatonique dans lequel se trouvait Adrien. La perspective de la mort du détective l'anéantissait. Incapable de dormir, il ne pouvait s'empêcher de pleurer.

Le bruit de l'ascenseur hydraulique le fit sursauter.

Saisissant le fusil, il attendit que la cabine s'arrête à l'étage pour mettre en joue ses occupants.

Lulu la Biche apparut alors, en compagnie d'un homme dont le visage était entouré de pansements.

— Prépare une chambre pour lui, dit la jeune femme. Adrien te demande de veiller à son confort. Sache aussi que ce type ne peut pas parler jusqu'à la cicatrisation complète de son visage. Vous communiquerez par écrit. Ne fais pas attention à son orthographe. Il n'est pas français. Pour le nourrir, tu lui donneras des aliments liquides qu'il aspirera avec une paille.

L'adolescent n'osa pas lui demander comment elle avait pu entrer dans la maison. Il ignorait l'existence du souterrain qui conduisait au garage secret de Notre-Dame, mais comme Lulu avait toute la confiance d'Adrien Destouches, il lui obéissait aveuglément.

— Je vais faire le nécessaire, dit-il. La soupe, c'est une de mes spécialités.

— Personne ne doit savoir qu'il est ici, continua la jeune femme. Même pas le commissaire Grenier…

— J'en fais mon affaire.

Elle lui adressa un sourire.

— Tu es un brave gamin.

— Un brave domestique, plutôt.

~

L'aube se levait déjà quand Lulu regagna la rue.

La pluie ne tombait plus et le vent était tombé.

Un soleil d'hiver éclairait la Seine.

Les recommandations du Dr Scalpel lui revinrent en mémoire.

— L'opération s'est parfaitement déroulée. Vous enlèverez ses pansements dans quelques jours. Alors, ce voyou aura changé de figure. Inutile de laisser vos sbires me surveiller encore… Je ne vous trahirai pas. Destouches paie trop bien pour que je le vende aux Tarentules…

Elle ne lui dit alors pas que Cédric l'avait informée que le détective luttait entre la vie et la mort. Malgré son immense bêtise, le commissaire Cyprien Grenier avait ordonné de ne pas propager la nouvelle. Il s'était d'ailleurs vanté d'y avoir pensé au cours de son entretien téléphonique avec l'adolescent.

— Même malade, j'ai le cerveau qui fonctionne.

— Vous devriez l'être plus souvent, ironisa le gamin à l'autre bout du fil. Ce serait bon pour votre matière grise.

Connaissant l'adresse de la clinique où le détective était en observation, Lulu la Biche ne pouvait pas résister au désir de s'y rendre.

Elle rentra donc à son domicile afin de se déguiser pour la circonstance.

Le métro la déposa derrière la butte Montmartre.

Au fond d'une impasse insalubre, un grand atelier abandonné lui servait de logement. Des affiches de vedettes du music-hall en tapissaient chaque mur. Celle de Maurice Chevalier portait une jolie dédicace.

Elle s'habilla en bourgeoise élégante et demanda à Virgile le Surineur de voler une voiture pour la conduire immédiatement à Saint-Germain-en-Laye. Le truand ne pouvait rien refuser à la jeune femme. Il revint une heure plus tard au volant d'une splendide Voisin.

— Je suis désolé d'avoir été si long, Lulu, mais comme je n'ai trouvé que ça, je suis repassé chez moi pour mettre un costume de chauffeur de maître.

— Sans penser à te raser ?

— Et pourquoi pas me laver pendant que tu y es ! Je veux bien te rendre service, mais il y a des choses qu'il ne faut pas me demander. Me raser ou me laver, par exemple… Je trouve ça malsain…

— C'est bon, Virgile. Passons d'abord par la maison de Scalpel pour voir si les amis la surveillent toujours.

Trois mendiants et une diseuse de bonne aventure faisaient le guet aux abords de la demeure du chirurgien.

Rassurée, la jeune femme indiqua leur destination à son complice.

Il fonça vers Saint-Germain-en-Laye.

Quand la Voisin entra dans la cour de la clinique, le voleur baissa la tête en voyant Paul Chevalier pénétrer dans la bâtisse.

— Ce policier m'a déjà arrêté, Lulu. S'il me reconnaît, nous sommes dans la mélasse. Je préfère ne pas rester dans le coin.

— Dépose-moi ici, abandonne l'auto dans une ville voisine et rentre à Paris par le train.

Virgile ne se le fit pas dire deux fois.

～

Quelques minutes plus tard, le docteur Jean Narboni reçut la jeune femme qui lui mentit avec aplomb.

— J'ai appris que mon frère était soigné dans votre établissement. Je suis Élodie Destouches. Puis-je le voir ?

Le médecin hésita, puis la pria de l'attendre dans son bureau.

Il se rendit jusqu'à la chambre de Grenier.

Ce dernier écoutait le rapport de son subordonné.

— L'avion s'est donc envolé, disait Chevalier. Sans Croquet à bord…

— La sœur de M. Destouches demande à le voir, dit Narboni.

— J'ignorais qu'il avait de la famille, s'étonna le commissaire. Ce doit être le petit Cédric qui l'a mise au courant. Mais ne prenons aucun risque. Qu'une infirmière l'accompagne et ne la quitte pas du regard.

Le médecin respecta la consigne.

Lulu ne put rester seule en présence du détective.

Elle se pencha néanmoins pour lui parler à voix basse de manière à ce que sa surveillante n'entende point ses mots.

— Corentin, c'est Lulu. Corentin… Corentin…

Son nom transperça les voiles opaques qui recouvraient la conscience de Destouches.

— Corentin, continua la jeune femme en chuchotant.

Il ouvrit les yeux et, malgré le déguisement, reconnut sa complice.

Lulu se tourna vers l'infirmière en souriant.

— Regardez ! Il reprend conscience. Allez vite chercher le docteur.

Son interlocutrice se précipita dans le couloir.

— Comment as-tu fait pour venir ici ? demanda le détective.

— Je me suis fait passer pour votre sœur.

Elle n'en dit pas plus, car Narboni entrait dans la chambre et se ruait sur son patient pour l'examiner.

— Vous m'entendez bien, monsieur Destouches ?

— Parfaitement.

— Pas de douleurs ?

— J'ai les membres un peu engourdis.

— Essayez de marcher un peu.

Adrien frictionna vigoureusement ses jambes et ses bras, puis se leva du lit et avança en direction de la porte.

— Aucun problème, docteur…

— Tant mieux.

— Je suis ici depuis quand ?

— Vingt-quatre heures… Recouchez-vous.

— Non, j'ai perdu trop de temps. Où sont mes vêtements ?

— Vous ne comptez pas quitter mon service tout de suite ?

— Il le faut, toubib.

— Vos habits sont en lambeaux, précisa l'infirmière. À cause de l'explosion.

— Ma sœur va m'en acheter en ville. Je peux téléphoner de votre bureau au commissaire Grenier ?

— Ce n'est pas la peine. Il est ici. Je le soigne pour une jaunisse.

— Conduisez-moi à lui.

— Je m'occupe de tes vêtements, dit Lulu.

Narboni lui indiqua la réception, puis escorta le détective à la chambre de Cyprien, qui s'entretenait toujours avec son inspecteur.

— Il est vivant ! s'exclama le commissaire.

Adrien se retint de rire en découvrant le teint jaune du policier.

— Vous avez réussi à intercepter le professeur Croquet ? demanda-t-il.

Paul Chevalier rapporta les événements survenus à l'aérodrome.

— Et maintenant, nous sommes dans le brouillard, conclut-il.

— Les Tarentules ont infiltré vos services, regretta Destouches.

— J'en ai bien peur, admit Grenier dans un soupir.

— Soignez-vous. Je m'occupe de tout.

Le commissaire se tourna vers son subordonné.

— Paul, tu me remplaceras pendant ma convalescence.

Une demi-heure plus tard, habillé de neuf, le détective quitta la clinique au volant de la Riekenbacker que Chevalier avait garée dans la cour.

L'amertume se lisait sur son visage. Il devinait que William Schwarzkopf ne devait pas connaître l'identité de l'espion intégré à la brigade de Grenier. Plus aucune piste ne s'ouvrait donc à lui et un sentiment de colère l'humiliait.

Assise à ses côtés, Lulu la Biche se taisait en regardant la route.

— Tu vas envoyer quelqu'un prendre l'empreinte de la serrure de la maison de Maxime Amalric, lui dit Adrien quand ils entrèrent dans la capitale.

— Vous voulez cambrioler votre ami ?

— Autant te le dire, il appartient aux services secrets français. Je vais donc peut-être trouver quelque chose d'intéressant chez lui. À mon avis, il en sait beaucoup plus que nous au sujet des Tarentules.

18

LE SULTAN DU GRAND HÔTEL

L'avion d'Amandine de Véramel survola le lac Léman et prit la direction du Tessin. À l'exception d'une courte halte pour faire le plein de carburant sur un aérodrome privé de Dijon, la jeune femme avait piloté sans interruption depuis son décollage mouvementé de La Garenne-Colombes. La pluie, le vent et la nuit lui rendirent d'abord le trajet périlleux et difficile. Conserver le cap vers la Suisse demandait une attention soutenue et une énergie constante. L'aventurière en fit preuve et réussit à éviter plusieurs fois la catastrophe.

L'échec de sa mission la rendait anxieuse.

Se méfiant de la haine que Ludwig von Strongberg éprouvait à son égard, elle voulait voir son chef avant que l'Allemand lui envoie son rapport.

Sigismond Adler résidait actuellement au Grand Hôtel de Locarno, sous une fausse identité qu'elle pensait être la seule à connaître.

Transie, la jeune femme luttait contre le sommeil, car la moindre seconde d'inattention pouvait lui être fatale. Elle se concentrait sur le pilotage tout en échafaudant une terrible vengeance contre Destouches, qui s'était plusieurs fois mis en travers de sa route. Le sourire cruel qui se dessina sur ses lèvres ne la quitta plus jusqu'à ce que son aéroplane entame enfin sa descente sur un champ en bordure du lac Léman.

～

Une heure plus tard, l'aventurière pénétrait dans l'immense hall du Grand Hôtel de Locarno. Ayant changé une partie de l'argent extorqué à Yves de Collion, elle s'était acheté un élégant tailleur beige et un manteau de velours noir dans un magasin de mode sur la Piazza Grande. Un grand chapeau muni d'une voilette dissimulait son beau visage.

Le concierge du palace l'accueillit à la réception.

— Madame désire ?

— Prévenez le sultan de Boukarour que la duchesse Nataviana demande une audience immédiate, déclarat-elle avec l'accent russe.

— Il a donné des ordres pour ne pas être dérangé.

— Cela ne me concerne pas, mon ami. Faites ce que je vous dis…

L'homme hésita, décrocha le téléphone et s'exprima avec gêne.

— Pardonnez-moi de vous importuner malgré la consigne, mais la duchesse Nataviana insiste pour… Très bien… Parfait…

Il s'épongea le front en reposant le récepteur et appela un groom.

— Conduis Madame à la suite du sultan.

Le gamin escorta Amandine jusqu'au dernier étage.

— C'est là, dit le jeune garçon en désignant une double porte gardée par un colosse noir à la tête rasée.

Elle lui donna la pièce et avança d'un pas décidé.

La sentinelle lui ouvrit la porte.

Un homme barbu avec un turban sur la tête la pria d'entrer.

— Vous pouvez parler sans crainte, ma chère. Lothar est sourd et muet. Avec sa peau de panthère comme seul vêtement, il ajoute une jolie touche d'insolite à mon mystère. J'ai beaucoup d'affection pour lui. Mais je ne vous attendais guère ici. Quelque chose ne va pas ?

— Rien ne s'est passé comme prévu, Sigismond.

Le chef des Tarentules avait déjà reçu un message envoyé par pigeon voyageur qui l'informait du transfert du professeur Croquet par la route grâce au camouflage du cirque de Marco di Venezia. Sa perversité le poussa à ne pas mentionner ce bref rapport à la jeune femme. Il préférait lui laisser croire qu'elle était son seul lieutenant direct et que Ludwig von Strongberg ignorait autant son véritable visage que ses diverses identités. C'était un bon moyen pour les tenir tous les deux à sa merci et freiner l'envie de vouloir le trahir. Cependant, les ambitions politiques du Munichois l'agaçaient quelquefois.

Il afficha une fausse surprise.

— Vous n'avez pas ramené le savant en Suisse ?

Amandine de Véramel lui raconta ses mésaventures et termina son récit en maudissant le millionnaire Adrien Destouches.

— Sans lui, je suis certaine que tout aurait marché !

Adler croqua dans un loukoum et haussa les épaules.

— Von Strongberg doit être en route avec le professeur Horace Croquet. Rien n'est donc perdu. En revanche, c'est vous qui me décevez beaucoup en ayant seulement blessé cet agent secret français. Quelle faute !

— Je l'admets.

— Si je n'éprouvais pas d'affection pour vous, cela vous coûterait la vie.

Elle pâlit et baissa les yeux.

— Je peux retourner à Paris et terminer le travail.

Le faux sultan secoua négativement la tête.

— J'ai d'autres projets pour vous. Un assassinat.

— Avec plaisir.

Il éclata de rire.

— Ce que j'aime la joie que vous avez à tuer, ma chère amie. Mais prenez d'abord un peu de repos. Vous partirez ensuite à Marseille où Numéro 4 se mettra à votre disposition. Il connaît la cachette de l'homme à abattre.

— Qui est-ce ?

— Sergei Messerski.

La jeune femme ne put cacher sa stupeur.

— L'opposant de Staline !

Sigismond jubilait.

— Lui-même… Un membre de notre organisation est parvenu à infiltrer les services secrets du Kremlin et convaincre leur chef de nous confier ce contrat pour que cela ressemble à un crime crapuleux. Les communistes ne veulent pas faire de cet homme un martyr. Ils préfèrent payer très cher pour ne pas être impliqués dans sa disparition. Personne ne voudrait croire que les Tarentules travaillent avec l'Union soviétique. Chacun trouve donc son compte dans ce plan. Comme Messerski transporte une grosse quantité d'or pour organiser la contre-révolution dans son pays, nous allons la récupérer en supplément de la somme versée par les bolcheviques pour l'exécution de ce contrat. Et les instances internationales penseront ainsi que notre crime est motivé par la cupidité. Par ailleurs, les Russes sont sur les rangs pour acheter le professeur Croquet. Ils font monter les enchères. Ce qui m'arrange. Moi, je ne fais pas de politique. Je suis un homme d'affaires.

Amandine admira le machiavélisme de son chef.

— Quand dois-je me rendre à Marseille ?

— Je vais appeler le directeur de l'hôtel afin qu'il vous trouve une chambre. Demain matin, une Opel grise sera à votre disposition à 7 heures.

— Messerski supprimé, je peux aller à Paris ?

Sigismond sourit en la regardant.

— Pour achever Maxime Amalric ou tuer Adrien Destouches ?

— Les deux, répondit l'aventurière sur un ton désinvolte.

19

Pris au piège

William Schwarzkopf lisait attentivement les questions de Destouches et y répondait par écrit.

Cet échange en langue allemande confirmait ce que le détective redoutait.

Si l'ancien membre des Tarentules révéla le nom de ses complices dans le rapt du professeur Croquet en précisant que c'était tous des pseudonymes, il jura ignorer celui de Numéro 7, le policier en cheville avec les criminels.

— Cela ne m'avance pas beaucoup, écrivit Adrien sur le calepin.

L'homme au visage bandé lut la remarque, saisit le crayon et indiqua que le savant devait être transféré en Suisse dans les plus brefs délais, même si l'avion de La Garenne-Colombes n'avait pas pu assurer son transport, mais il précisa ne pas connaître l'endroit où le prisonnier était attendu ni la solution de rechange prévue par Ludwig von Strongberg pour y arriver.

— Vous faites confiance à cette momie ? ricana Cédric. Moi, je me méfie des gens dont on ne voit pas la figure. Comment être certain qu'il ne donne pas de fausses informations ? Vous devriez envoyer chercher un graphologue pour vérifier s'il n'écrit pas des mensonges.

— Tu as peut-être raison, admit son protecteur. Mais s'il ne m'a pas dit la vérité, je demanderai à ce brave docteur Scalpel de prévenir les Tarentules que William Schwarzkopf n'est pas mort et qu'il les a trahis.

L'Allemand sursauta en entendant ces propos.

Il jura aussitôt de sa sincérité par écrit, puis aligna les noms de plusieurs autres membres de la bande pour prouver sa bonne foi et ajouta en français : « J'ai faim et soif ».

L'adolescent lut ces derniers mots par-dessus l'épaule d'Adrien.

— Je vais lui préparer un jus de pomme de terre bien liquide et de l'eau du robinet. C'est assez bon pour cette crapule…

— Non, murmura Destouches à son oreille, nourris-le convenablement et traite-le avec humanité. Un homme qui veut se racheter mérite qu'on l'y aide.

Il regagna son bureau, consulta les documents volés dans le coffre de l'industriel Léopold Villaurand et constata une fois de plus qu'ils ne pouvaient pas lui être utiles. Les journaux des deux derniers jours se trouvaient posés sur sa table. Leur lecture n'avait fait qu'augmenter son découragement, car tous les rédacteurs accusaient le cambrioleur Corentin d'être un assassin.

À la nuit tombée, Lulu la Biche apporta un double de la clé du domicile de Maxime Amalric et fit part de son observation des alentours.

— Je n'ai repéré aucune surveillance, policière ou autre, de la maison de l'écrivain. Comme vous le savez, un parc privé entoure la demeure et l'isole du voisinage. À ma demande, Aglaé la mendiante a sillonné le quartier toute la journée. Elle inspire confiance aux concierges. Celle de la maison d'en face lui a dit que les domestiques d'Amalric avaient pris congé pour le temps de son séjour à l'hôpital. La voie est donc libre. Apparemment, ça semble facile. Soyez quand même prudent. Depuis que la presse accuse Corentin d'être un assassin, on vous tirera à vue en cas de pépins.

Le détective lui tendit la liste des noms rédigée par Schwarzkopf.

— Tu peux te renseigner sur eux ou me dire si tu en connais. Mais ce sont juste des noms de guerre...

La jeune femme consulta le calepin.

— Jacques Valaert dit Jacquot de Bruxelles, je n'en ai jamais entendu parler, pas plus que de Bruno Munster, Ricardo le Toréador, Fernande l'Anguille et Magdalena la veuve de Düsseldorf. Jim de Soho, Nikos la Mort subite, Hugo Spitzgeist, ça ne me dit rien. En revanche, Amandine de Véramel est une célébrité. Il paraît qu'elle tue comme elle respire. On la décrit comme une belle blonde séduisante et capable de changer facilement d'identité.

— Ne te fatigue pas. Je pense avoir eu affaire à elle ces derniers temps.

— Continuons... Hans l'Alsacien, lui, je sais qui c'est. Il est spécialisé dans le vol d'œuvres d'art et garde le contact avec tous les receleurs parisiens. Pour les autres, je vais me renseigner.

— Fais vite.

— Comme toujours, répondit Lulu en repartant par où elle était venue.

Destouches s'allongea sur le canapé pour dormir pendant deux heures.

À son réveil, il constata que Cédric lui avait apporté un repas froid.

Il le mangea avant de se préparer pour l'expédition nocturne, hésita à se munir d'un pistolet automatique, glissa quand même le Beretta dans sa ceinture, puis gagna le souterrain conduisant au garage clandestin de Notre-Dame.

～

Minuit sonnait quand sa voiture arriva près de la maison de l'agent secret.

Le quartier était désert. Destouches se gara dans une rue parallèle, mit son masque de velours noir, enfila ses gants blancs, chaussa les semelles en caoutchouc lisse et entra dans l'immeuble.

Les lourds rideaux verts pendus aux fenêtres empêchaient que la lueur de sa lampe torche se voie de l'extérieur. Il connaissait les lieux pour y avoir été souvent invité par Maxime Amalric et alla donc directement dans le bureau du rez-de-chaussée. Le coffre-fort y était scellé dans le mur.

Adrien l'ouvrit sans difficulté, y trouva des liasses de billets de 1 000 francs, des pièces d'or, plusieurs actions en Bourse, quelques bijoux, des titres de propriété, un petit tableau de Vélasquez et une cassette pleine de saphirs, mais aucun des documents qu'il cherchait.

Déçu, le détective quitta la pièce et entra dans l'immense bibliothèque qui donnait sur un beau jardin d'hiver. Des milliers de volumes étaient alignés sur les étagères. L'agent secret avait peut-être dissimulé ses fiches dans certains de ses livres. Les feuilleter tous était impossible, il y en avait beaucoup trop. Cependant, son expérience de cambrioleur avait enseigné à Destouches une méthode pour découvrir ce type de cachette. Les ouvrages susceptibles de contenir des choses secrètes entre leurs pages s'alignaient toujours avec plus de régularité géométrique que les autres et ils portaient moins de poussière sur leur tranche. Ils possédaient aussi une reliure et se trouvaient à portée de la main, pas en hauteur. Généralement, leur taille était plus grande que la moyenne et il ne s'agissait jamais d'éditions originales ou d'incunables car un bibliophile eût bien trop craint de risquer de les abîmer en les manipulant souvent pour y glisser des documents d'importance.

Au bout de vingt minutes, le détective trouva ce qu'il cherchait dans les tomes rouge et or des œuvres complètes de Walter Scott.

C'est alors que la lumière jaillit dans la pièce.

Adrien se retourna.

Deux hommes le menaçaient de leurs armes.

— Les mains en l'air, ordonna le plus âgé.

Destouches obéit en se demandant comment s'enfuir.

Mais aucune issue n'était possible.

Il était fait comme un rat.

20

L'ENRÔLEMENT FORCÉ

Un des hommes armés afficha un sourire cruel en iro-nisant :

— Drôle de cambrioleur, qui délaisse l'argent et les trésors du coffre-fort pour s'intéresser à la littérature.

Il s'approcha de Destouches, le délesta du Beretta, lui arracha son masque et déboutonna la chemise afin de mettre sa poitrine à nu.

— Aucune araignée tatouée sur le cœur, constata son compagnon.

— Je ne suis pas l'un des vôtres, cria Adrien.

Les deux individus froncèrent les sourcils.

— On prévient le patron ? demanda le plus jeune.

— Téléphone-lui tout de suite. L'appareil est dans le bureau.

Son complice menotta les mains du détective avant de quitter la pièce.

Adrien n'était plus certain d'être en présence de membres des Tarentules.

L'homme revint en soupirant.

— Nous devons attendre le chef.

Dix minutes plus tard, un petit moustachu arriva sur les lieux.

Adrien reconnut le médecin qui avait aidé à évacuer le fasciste exécuté par Maxime Amalric au cabaret Wanda.

Il était donc aux mains des services secrets français.

— Qu'est-ce que vous cherchiez ici ? lui demanda le nouveau venu.

Destouches jugea inutile de mentir.

Il désigna les fiches prises dans les livres de Walter Scott.

— Des renseignements concernant la bande des Tarentules.

— Je vous emmène.

— Nous restons sur place ? lui demanda le plus âgé des agents secrets.

— Oui, répondit leur chef en rendant son Beretta au détective.

Une fois dans la rue, il prit Adrien par le bras.

— Votre cas m'intéresse depuis longtemps, monsieur Destouches. Nous allons avoir une petite conversation, mais loin des oreilles indiscrètes. Des membres des Tarentules se sont introduits dans la police criminelle et je crains qu'ils aient aussi infiltré mon département.

— Vous êtes Bertrand Hartman, murmura Adrien.

— On ne peut rien vous cacher. C'est moi qui dirige les services secrets.

Le moustachu se dirigea vers la voiture du détective.

— C'est l'un de vos véhicules, dit-il en la désignant.

Le millionnaire le regarda avec surprise.

— Je connais aussi votre garage à Notre-Dame et vos liens avec la pègre de Pigalle grâce à Lulu la Biche, continua son interlocuteur.

Destouches s'emporta.

— Arrêtez de jouer au chat et à la souris.

— Si on ne peut plus s'amuser, c'est triste…

— Je ne trouve pas ça drôle, rétorqua Adrien en se mettant au volant.

— Conservez votre sang-froid et ne vous étonnez pas que je connaisse tout de vous. Depuis des années, vous aidez ce crétin de commissaire Grenier dans ses enquêtes et il ignore que vous êtes Corentin, actuellement accusé du meurtre de Léopold Villaurand. Je sais que ce n'est pas vous qui l'avez tué. L'assassin est Amandine de Véramel, Manuela Costa si vous préférez. Hélas, il m'est impossible de le révéler à la presse. C'est bien dommage pour vous !

Le détective soutint son regard.

— Vous faites erreur. Je ne suis pas Corentin.

Hartman eut un petit rire.

— Je garde cette information pour moi seul. Même Maxime Amalric n'est pas au courant. Voyez-vous, dans mon métier, il est nécessaire de se méfier de tout le monde. Le dossier qui vous concerne est uniquement inscrit dans mon cerveau. C'est une précaution. Cependant, je peux trouver un moyen de disculper Corentin de cette accusation de meurtre en dénichant un coupable idéal. Je l'ai déjà fait en d'autres circonstances, pas toujours d'une manière très propre. La fin justifie les moyens. Mon service est toujours un peu dans l'illégalité. Nous avons le permis de tuer au nom de la raison d'État.

— C'est pourquoi je n'ai que du mépris pour vous et vos hommes.

Le chef des services secrets cessa de sourire.

— Que vous le vouliez ou non, vous allez travailler pour moi.

— Jamais, affirma le détective.

— Personne ne le saura, pas même Maxime Almaric qui ignore que vous avez découvert qu'il est un de mes agents. En contrepartie de votre aide, je peux faire innocenter Corentin du meurtre de Villaurand. Pour être franc, j'ai besoin de vous pour lutter contre les Tarentules. Comme je viens de vous le dire, elles ont infiltré mon service et je ne peux plus compter sur personne, à l'exception d'une poignée d'agents détachés sur d'autres affaires. Sachez que je comptais entrer en contact avec vous à ce sujet. En allant cambrioler cette maison, vous m'avez fait hâter ma décision. Tant mieux, car j'ai besoin de votre collaboration de toute urgence. Un refus de votre part m'obligerait à vous créer de gros ennuis. Sous l'identité de Corentin, vous êtes actuellement recherché pour meurtre…

Le détective se sentit pris au piège.

Mais travailler avec Bertrand Hartman pouvait l'obliger à tuer.

Il ne pouvait s'y résoudre.

— Je refuse d'assassiner qui que ce soit…

Le petit moustachu eut une grimace d'agacement.

— Ne m'abrutissez pas avec vos caprices d'idéaliste. Moi, je commande une guerre et elle a ses victimes, mais jamais de héros dans la lumière. Il vous est impossible de refuser ma proposition. Je peux envoyer au préfet de Paris les preuves que vous êtes Corentin et lui démontrer que vous avez assassiné Villaurand. Ce sera la guillotine, mon ami.

— Vous êtes un monstre.

— Non, mais je fais un sale métier. Tous les coups me sont permis pour sauver la République et je ne vois que vous pour remplacer ce pauvre Amalric et mener une vie d'enfer aux Tarentules. Sinon, je crains qu'elles conduisent le monde à sa perte. Vous comprenez qu'il y a grand danger ?

Destouches finit par céder, mais à contrecœur.

— Très bien, je vais faire mon possible pour retrouver le professeur.

— Qui vous parle d'Horace Croquet ?

— Je ne comprends pas.

Son interlocuteur eut un léger rire.

— Un avion attend pour nous conduire à Marseille. Mon espion de Moscou m'a prévenu que les bolcheviques ont payé les Tarentules pour l'élimination de Sergei Messerski. Je dois empêcher cela. Votre première mission consiste à m'aider à le transporter dans un lieu sûr. Alors, seulement, nous parlerons du destin d'Horace Croquet. Poussez-vous, c'est moi qui vais prendre le volant. Le décollage est prévu dans une heure.

La voiture démarra en direction du Bourget.

21

LE BAPTÊME DU FEU

Bertrand Hartman était un as en maquillage. Tandis que l'avion volait dans la nuit, il grimait sa nouvelle recrue pour lui donner un autre visage. Adrien le laissait faire tout en le maudissant en son for intérieur.

— C'est terminé, dit le chef des services secrets en tendant un miroir au détective. Maintenant, je vais dessiner une petite araignée sur votre poitrine.

— De qui ai-je la tête ? demanda Destouches.

— Alex Rocca, un de mes hommes qui s'est vendu aux Tarentules. Il ignore que je le sais déjà. À l'atterrissage, je vais avoir un entretien fructueux avec lui. Ensuite, vous prendrez sa place.

— Pour quoi faire ?

— Je vous le dirai plus tard, répondit le moustachu en traçant l'arachnéide à l'encre noire sur la peau de son interlocuteur ; puis il consulta sa montre.

— Essayons de dormir un peu.

Adrien ne parvint pas à trouver le sommeil.

La perspective de devoir tuer quelqu'un le rendait malheureux.

Il espérait encore pouvoir l'éviter.

Le jour était levé quand l'avion atterrit dans le vaste parc d'une villa aux alentours de Marseille.

— Restez dans l'appareil, dit Hartman à Destouches.

Il quitta l'engin, pénétra dans la demeure, en ressortit avec un homme menotté, fit signe au détective de le rejoindre et lui montra une grenade qu'il tenait à la main.

— Alex n'a pas eu le temps de s'en servir, dit-il simplement.

Le prisonnier écarquilla les yeux en constatant que l'individu qui se tenait face à lui avait exactement son visage.

— Comment m'avez-vous démasqué ? demanda-t-il ensuite à Hartman.

— J'ai aussi des informateurs dans ta bande, Rocca. Tu es Numéro 4.

— Si ce n'est pas malheureux… On ne peut se fier à personne.

— Je ne te le fais pas dire, approuva le moustachu en poussant un soupir.

Il se tourna vers Adrien.

— Allez dans la villa pendant que je tire les vers du nez de ce traître, car le spectacle de mes méthodes d'interrogation risque de vous déplaire. Elles sont néanmoins efficaces. C'est le principal.

Le détective baissa la tête et obéit.

Une cafetière fumait sur la table de la cuisine.

Adrien s'en versa une tasse en entendant les gémissements d'Alex Rocca.

La honte d'être impliqué dans cette torture lui donna la nausée.

Soudain, un coup de feu retentit.

Quelques minutes plus tard, Hartman entra en fumant un cigare.

— Vous l'avez tué comme un chien, murmura Destouches.

— Il m'a donné les renseignements dont j'avais besoin avant de se tuer avec mon aide.

— Vos manières de faire sont celles des criminels.

Le chef des services secrets leva les yeux au ciel.

— Peut-être que vous avez raison, mais elles me permettent de sauver des centaines de vies. À présent, je vais vous indiquer la nature de votre mission. Un exécuteur des Tarentules est en route pour Marseille et va rejoindre Rocca à 16 heures au Bar de l'Écailler, sur la Canebière. Mais c'est vous qui serez au rendez-vous. Cette personne connaît Alex pour avoir déjà travaillé avec lui. Elle sera donc sans méfiance.

— Je dois la tuer ?

— Pas du tout, ricana Hartman en se servant du café. Nous voulons qu'elle accomplisse parfaitement son contrat. Du moins, qu'elle le croie. Voici ce que vous allez faire…

~

Il énonça son plan et, à l'heure prévue, Adrien s'installa dans le bar. Il pâlit en voyant Amandine de Véramel s'approcher de lui.

— Tout est prêt ? lui demanda-t-elle en chuchotant.

Destouches imita la voix de celui dont il avait pris l'identité.

— Le Russe ne se doute de rien. En tant que membre des services secrets, je suis chargé de le conduire à bord d'un bateau qui doit lui faire gagner un lieu sûr. C'était prévu pour ce soir à 22 heures, mais je lui ai raconté que le départ était avancé. Il ne se méfie donc pas… On va le tirer comme un lapin. Les armes sont dans la voiture. Nous pouvons partir tout de suite et…

L'aventurière lui coupa la parole.

— Et l'argent ?

— Messerski le porte en permanence dans une ceinture autour de la taille. Je sors le premier et vous attends dans l'auto.

Elle commanda une anisette et la sirota tandis que son complice quittait le Bar de l'Écaille. La tueuse se félicitait que tout soit si bien préparé, tant sa hâte était grande de remonter au plus vite à Paris pour abattre Adrien Destouches et achever Maxime Amalric sur son lit d'hôpital. Toutefois, elle devait exécuter le contrat marseillais d'une autre manière que son partenaire le croyait. L'ordre lui avait été donné d'éliminer aussi Alex Rocca parce que le chef se doutait qu'on le soupçonnait de double jeu dans les services secrets français. S'en débarrasser demandait une petite mise en scène qui la ravissait.

Assis au volant de sa voiture, Destouches la vit sortir du bar et traverser la rue. Elle monta à côté de lui, vérifia que des grenades se trouvaient sous la banquette et alluma une cigarette. Son calme était impressionnant.

— Les pistolets Mauser sont dans la boîte à gants, lui dit Adrien.

La jeune femme sortit un Luger de son sac.

— Je préfère me servir de mon arme.

Le détective dissimula son angoisse en entendant ces mots.

Les Mauser étaient chargés de balles à blanc.

Pas l'automatique de l'aventurière.

Au même moment, Hartman expliquait à Messerski la nature de son plan.

— Quand ils tireront, vous trancherez ce petit fil qui libère l'hémoglobine de son sachet. Ensuite, faites le mort pendant qu'on prendra votre ceinture.

— Mais ils vont emporter l'argent de la cause, se lamenta le Russe.

— Le gouvernement français vous le remboursera.

— Et tout le monde croira que j'ai été abattu.

— Cela vous permettra de continuer vos activités sans problème.

— Quelle mascarade !

— Sans mensonges, pas de politique…

Le bruit de moteur d'une voiture se fit entendre.

— Les voici, dit le chef des services secrets.

Destouches arrêta le véhicule devant la maison, prit un Mauser d'une main et klaxonna de l'autre selon un code prévu.

Le Russe ouvrit la porte et marcha vers eux.

Amandine le mit en joue, mais Adrien tira le premier en plein cœur, puis se précipita près du corps pour s'emparer de la ceinture contenant l'argent.

— Filons, dit-il.

Amandine de Véramel fronça les sourcils.

— Pourquoi as-tu tiré si vite ?

— J'en avais envie.

Elle descendit de l'automobile.

— Des gens ont entendu la détonation, cria Destouches. Partons d'ici.

La jeune femme braqua l'autre Mauser sur lui.

— Moi, je m'en vais… Toi, tu restes.

Elle lui tira dessus.

Le détective lâcha son arme et fit semblant d'être touché.

— Pourquoi ? demanda-t-il dans un râle.

— Ce sont les ordres du chef, Numéro 4.

L'aventurière glissa son pistolet Mauser dans la main du Russe pour faire croire qu'il avait abattu Rocca en se défendant, puis alla chercher une grenade dans la voiture et revint la poser entre les mains ensanglantées d'Adrien.

— Tu as prêté serment et tu sais donc ce qu'il te reste à faire. Ne crains rien. Cela va vite. Ta souffrance sera même abrégée.

Sa voiture s'éloignait vers la mer quand l'explosion eut lieu.

22

LA DISCULPATION DE CORENTIN

— Allez donc vous nettoyer, dit Hartman en aidant Adrien Destouches à se relever. Avec cette suie et ce sang sur la figure, vous avez l'air d'un guignol.

— Vous saviez qu'elle me tirerait dessus ? demanda le détective.

— J'avais répandu la rumeur selon laquelle Alex Rocca était suspect dans mon service. Les Tarentules allaient donc abandonner son cadavre sur place en guise de signature. Ma petite mise en scène en tenait compte. Tout s'est bien passé.

Le détective laissa éclater sa colère.

— Cette femme aurait pu faire usage de son Luger au lieu du Mauser qui était chargé à blanc. Elle pouvait me mutiler le visage et les mains à coups de crosse ou attendre que je me sois fait sauter la tête avant de partir. Dans ce cas, vous n'auriez pas eu besoin de faire exploser une grenade à cent mètres de moi. Elle aurait compris que l'engin qu'elle m'avait donné ne contenait que de la poudre inoffensive. Et elle m'aurait tué pour de bon.

— C'est exact, reconnut le chef des services secrets. Que voulez-vous, ce sont les risques du métier.

— Je ne les trouve pas parfaites, vos mises en scènes...
Elles tablent trop sur le hasard...

— Oubliez tout ça ! Occupons-nous de Messerski.

Ce dernier demeurait impassible et silencieux.

— Vous n'êtes pas facilement impressionnable, lui
dit Adrien.

Le Russe haussa les épaules.

— J'étais colonel dans l'armée Rouge. J'en ai vu
d'autres.

Le petit moustachu consulta sa montre.

— Mon second sera là dans quinze minutes. Dépêchez-vous d'enlever vos vêtements et de me les
rapporter.

Destouches rentra dans la maison, reprit son visage
naturel, mais il eut du mal à se débarrasser du faux
tatouage qui ornait sa poitrine.

Une voiture arriva quand il réapparut sur le perron
avec le Russe.

Elle était conduite par le pilote de l'avion et contenait
deux corps nus à l'arrière, dont celui du véritable Alex
Rocca.

— Il faut tromper les Tarentules, dit Hartman en
habillant les cadavres avec les vêtements ensanglantés des
deux hommes. Je vous épargne les détails, mais vous allez
encore entendre une explosion.

Le détective frémit en le voyant poser une grenade sur
le visage de son ancien collaborateur.

L'aviateur s'approcha de lui.

— Venez. Nous rentrons à Paris.

— Je reste régler des petits détails ici, dit le chef des
services secrets. Et ensuite, je remets Messerski à un
homme dont je suis assuré de la loyauté. Vous pouvez

faire confiance au pilote, monsieur Destouches. Éric est mon fils… Et lisez les journaux de demain. Vous aurez une bonne surprise.

Le détective monta dans la voiture sans faire de commentaires.

L'homme au volant demeurait silencieux.

Ils firent une courte halte à Marseille pour se restaurer.

— Vous n'avez pas beaucoup d'appétit, remarqua son compagnon.

— Toute cette violence m'oppresse. La barbarie des méthodes de votre père m'est insupportable. J'ai honte d'y avoir participé.

— Question d'habitude, répondit froidement Éric. Après une ou deux autres missions, vous n'aurez plus ces états d'âme.

La perspective de devoir travailler régulièrement pour les services secrets désespéra Destouches.

Dans la nuit, il retrouva Cédric à son hôtel particulier du quai Voltaire.

L'adolescent l'accueillit avec des larmes dans les yeux.

— J'avais peur qu'il vous soit arrivé quelque chose.

— Un voyage imprévu, mon garçon. Je n'ai pas eu le temps de te prévenir.

— Lulu a cherché plusieurs fois à vous joindre. Rien d'autre à signaler. La momie se tient tranquille. Personne n'a tenté d'investir la maison. Mais je suis resté éveillé pendant toute votre absence. Et maintenant, je n'ai plus les yeux en face des trous. Si vous le permettez, je vais aller piquer un roupillon.

— Moi aussi, j'ai sommeil.

Ils gagnèrent chacun leur chambre respective.

Étendu sur le lit, Adrien réfléchit aux bizarreries des derniers événements. Il se savait maintenant sous l'emprise de Bertrand Hartman et n'aimait pas ça. Le chef des services secrets en savait trop sur lui. C'était incompréhensible, car Lulu la Biche était la seule à connaître son secret. Et la jeune femme ne le trahirait pour rien au monde. Comment cet homme de l'ombre pouvait-il donc savoir que Corentin et Destouches étaient la même personne ? Il se perdait en hypo-thèses, cherchait l'erreur qui aurait pu le confondre et n'en trouvait pas. Certes, lors de sa visite chez Amalric, il portait l'attirail d'un cambrioleur, mais ce n'était pas une preuve suffisante pour le démasquer et, d'ailleurs, Hartman lui avait affirmé connaître ses activités clandestines depuis longtemps, bien avant sa rencontre inopportune avec Maxime dans la demeure de l'industriel Villaurand. Ce mystère l'inquiétait. Il s'en voulait de ne pas avoir questionné le petit mous-tachu à ce sujet.

L'idée saugrenue lui vint alors de visiter le domicile de Bertrand Hartman et d'explorer son coffre-fort, mais il était presque certain de n'y rien découvrir qui explique sa transparence aux yeux de cet individu machiavélique.

Un sommeil peuplé de cauchemars tomba sur lui.

Amandine de Véramel l'y retenait prisonnier dans un cimetière.

À son réveil, le jour était levé depuis déjà long-temps.

Il bondit du lit pour se rendre à la cuisine où Cédric chantonnait gaiement en préparant la soupe de William Schwarzkopf.

— Tu as l'air bien content, mon garçon.

L'adolescent désigna les journaux.

— Ce matin, la presse est formidable.

Adrien lut les titres qui faisaient la une :

CORENTIN EST INNOCENT DU MEURTRE DE VILLAURAND

COUP DE THÉÂTRE DANS L'AFFAIRE CORENTIN

PAS DE SANG SUR LES MAINS DE CORENTIN

CORENTIN INNOCENTÉ PAR UN MORT

Le détective prit connaissance du contenu des articles et apprit que le commissaire de police Olivier Breton avait abattu le criminel Jacques Boureux dans un entrepôt désaffecté de la Halle à vins de Bercy.

En fouillant le cadavre, ses inspecteurs avaient découvert une clé de la porte d'entrée de la maison de Léopold Villaurand, un plan détaillé des lieux, une bague ornée d'une émeraude que l'industriel portait toujours à l'annulaire de la main gauche et un agenda dans lequel le voyou notait ses méfaits.

À la page du 28 novembre, il était écrit :

Je suis arrivé à Neuilly, ce matin à 5 heures, mais le coffre-fort était déjà ouvert et vide.

Corentin avait signé le cambriolage.

L'industriel est alors rentré chez lui et, de peur qu'il donne l'alarme, je lui ai tranché la gorge.

Butin : une bague sertie d'une pierre précieuse.

Destouches comprit que Bertrand Hartman avait manigancé tout ça en connivence avec le commissaire Breton, principal rival de Cyprien Grenier à la police criminelle.

— Je savais que Corentin ne tuait personne, dit Cédric en souriant.

Adrien songea que le chef des services secrets ne le lâcherait plus.

23

Du sang sur la neige

La caravane du cirque Marco di Venezia traversait les Ardennes sous une tempête de neige. Les flocons rendaient la visibilité imprécise. Un vent glacial balayait les montagnes. L'étroit chemin menant à la Sarre était entièrement ravagé d'ornières. Les voitures vacillaient à cause de ces embûches.

Ligoté et bâillonné dans le fond du camion conduit par Hugo, le professeur Horace Croquet était balloté d'une paroi à l'autre.

Il maudissait ses ravisseurs qui non seulement lui faisaient ainsi perdre son temps si précieux, mais le contraignaient à voyager en compagnie d'un tigre féroce. Ne supportant pas l'odeur du fauve, le savant souffrait de nausées. L'épaisse planche de bois qui le séparait de la cage de l'animal ne le rassurait guère, car il craignait qu'elle glisse à force de chaos et que le félin soit libéré de sa prison d'acier et le dévore vivant sans qu'il lui soit possible de crier à l'aide.

Figé en position assise par ses liens, son corps était tout courbaturé.

Ludwig von Strongberg ne le détachait que pour les repas.

Le savant en profitait alors pour protester.

— Vous devriez avoir honte de me traiter de la sorte ! Je ne suis pas une marchandise, nom d'une pipe.

— Vous l'êtes pour moi, répondait l'Allemand avec indifférence. Votre secret ne m'intéresse plus. D'autres se chargeront de vous le faire sortir de la gorge. Finissez de boire votre lait. J'ai bien autre chose à faire que d'écouter vos jérémiades.

Ils échangeaient toujours le même dialogue.

Le seul répit du professeur était lorsque les voitures s'arrêtaient pour la représentation du soir. Son geôlier le débarrassait momentanément du tigre. Il pouvait alors trouver un semblant de repos en écoutant les applaudissements du public et le rire des enfants qui lui parvenaient du chapiteau.

Ensuite, on rentrait le fauve dans la cage et son calvaire recommençait.

～

Pour résister à l'angoisse, il tentait de travailler à son invention, mais, ce jour-là, les secousses se succédaient avec bien trop de violence pour qu'il lui soit possible de se concentrer suffisamment sur ses calculs mentaux.

Soudain, la plaque de bois se brisa.

Horace Croquet se retrouva nez à nez avec le fauve.

Un nouveau choc le projeta contre les barreaux.

En sentant le souffle de la bête contre son visage, il pensa que sa dernière heure était venue. Le tigre approcha sa gueule effrayante, puis lui lécha les joues en ronronnant de plaisir. Le savant chercha les causes scientifiques de cette attitude et n'en trouva aucune qui soit plausible.

D'un mouvement de patte, l'animal attira l'écuelle du prisonnier jusqu'à lui et lappa le fond de lait qu'elle contenait.

Le professeur se sentit envahi d'un courage qu'il ne se soupçonnait pas.

Il se tortilla afin de pouvoir tremper ses liens dans le plat, puis les tendit au fauve qui rongea la corde avec ses crocs acérés.

Une fois dégagé de ses entraves, Croquet enleva son bâillon et, malgré la répugnance éprouvée par l'odeur carnassière de l'animal, il l'embrassa sur le museau. Un grand coup de langue râpeuse répondit à sa tendresse.

C'est alors que le camion se renversa.

Ses portières s'ouvrirent.

La cage se fracassa sur la route et son verrou céda.

Libéré, le tigre attendit que Croquet le rejoigne dans la neige. Le savant s'extirpa du véhicule. Il vit le corps ensanglanté d'Hugo et constata que cet homme était mort en traversant la vitre du pare-brise. La caravane s'était arrêtée. Armé d'un fouet, Ludwig courait vers le lieu de l'accident.

L'animal sauvage se colla contre le savant pour le pousser vers le talus boisé, l'obligeant ainsi à fuir avec lui en direction de la forêt.

L'Allemand se lança à leur poursuite. Trop vieux et trop faible pour être capable de le distancer, Croquet s'appuya sur le tronc d'un sapin et reprit son souffle. Le fauve restait près de lui afin de le protéger.

Von Strongberg les rattrapa en faisant claquer son fouet sans parvenir à mater la bête, qui bondit alors sur lui.

Il sortit un pistolet de sa poche et tira entre les yeux du félin.

Foudroyé par la balle, le tigre s'écroula aux pieds du savant.

— Vous n'êtes pas très doué comme dompteur, dit le professeur.

— Taisez-vous ! hurla l'Allemand. Un seul mot de plus et je vous fouette jusqu'au sang. Remontez tout de suite sur la route.

Croquet ne bougea pas d'un pouce.

— Je vous ai dit de rejoindre la caravane ! cria le Munichois.

Le professeur le défia du regard.

— À condition de ne plus voyager dans l'inconfort. J'ai tout de même droit à des égards, saperlipopette… D'ailleurs, vous ne pouvez pas me battre et encore moins me tuer. Comme toute marchandise de valeur, je dois être livré en bon état.

Le cran du vieil homme stupéfia le membre des Tarentules.

— Ne croyez pas pouvoir fuir une seconde fois, dit-il en rangeant son arme. J'ignore comment vous avez pu domestiquer mon tigre, mais l'occasion ne se représentera certainement plus. Avancez…

— Si je veux…

Von Strongberg poussa un soupir.

— C'est bon. Vous ne serez attaché qu'au passage des frontières et votre nourriture sera convenable. Je vous donne aussi une roulotte particulière, si cela peut vous faire taire.

— Ne me demandez pas l'impossible.

Des hommes du cirque vinrent pour emporter la dépouille du fauve.

— Grosse perte, murmura Marco en regardant le cadavre du tigre. Je vais récupérer la peau et enterrer le reste…

— Il est possible de réparer le camion ? demanda Ludwig.

— Oui, mais ça va prendre du temps. Et avec cette neige…

— Tu as défiguré Hugo ?

— C'est fait.

— Alors, mets le feu au véhicule et laisse son cadavre à côté.

Horace Croquet s'indigna.

— Vous donnez une sépulture à un animal et pas à un être humain.

— Est-ce que ça vous regarde ? s'emporta l'Allemand. Je ne me mêle pas de votre travail, moi… Alors, professeur, ne vous occupez pas du mien.

24

PLANS DE VENGEANCE

Les cloches des églises de Paris sonnaient midi lorsque l'inspecteur Jules Ferron quitta la préfecture de police, enfourcha sa moto et, malgré sa main blessée à l'aéroport clandestin de La Garenne-Colombes, roula en direction du boulevard Montmartre. Un message chiffré apporté par un pigeon voyageur à son appartement de la rue de Rivoli l'avait averti au matin qu'Amandine de Véramel l'attendrait au musée Grévin pendant l'heure du déjeuner. Il se hâtait donc pour arriver à temps à ce rendez-vous.

Le policier faisait partie de la bande des Tarentules depuis déjà deux ans.

Il avait intégré cette organisation par appât du gain. Seul l'argent l'intéressait.

Les galeries des figures de cire étaient très fréquentées quand il pénétra dans les lieux. Beaucoup d'employés des bureaux riverains aimaient y errer au moment de leur pause. Ils s'agglutinaient surtout devant les doubles figés des assassins célèbres. Le crime fascinait ainsi le peuple jusqu'au vertige. Le succès des magazines de faits divers témoignait de cet engouement morbide.

Ferron cherchait l'aventurière parmi les gens qui visitaient les salles.

Il ne parvenait pas à l'identifier dans la foule.

Une grosse dame vêtue d'un manteau jaune s'approcha de lui.

— Pouvez-vous me donner l'heure ?

Le policier regarda sa montre.

— Midi vingt.

— C'est moi, dit alors tout bas la femme obèse.

Numéro 7 reconnut la voix d'Amandine.

— Vous êtes méconnaissable.

— Marchons ensemble, ordonna-t-elle en lui prenant le bras.

Des hommes sourirent en croisant ce couple si mal assorti.

Amandine s'était composé un visage rougeaud et couvert de verrues. Ses lèvres étaient peintes d'un rouge criard. Du coton hydrophile lui gonflait les joues et un boa de plumes multicolores entourait son cou.

— Vous ne passez pas inaperçue avec ce déguisement, dit Ferron.

— C'est la meilleure des protections que de s'exhiber ainsi.

Ils s'arrêtèrent devant la reconstitution d'une scène de guillotine.

— Il faut éliminer le millionnaire, murmura l'aventurière. Il est devenu notre principal ennemi. Le chef veut sa mort.

Numéro 7 pensa que la tête de Destouches était mise à prix.

— Si je comprends bien, la chasse est ouverte.

La meurtrière lui jeta un regard effrayant.

PLANS DE VENGEANCE ⊙

— Nul autre que moi ne lui ôtera la vie. J'en fais une affaire personnelle. Il faut que tu l'attires demain soir dans les jardins des Tuileries.

— Sous quel prétexte ?

— M'arrêter.

L'inspecteur secoua la tête.

— Il va se méfier… Et toute la brigade criminelle sera présente.

— Imbécile ! Tu n'as qu'à dire qu'un de tes indicateurs a découvert que je dois contacter là-bas un comparse à minuit. Tu réuniras des membres de notre bande pour les faire passer pour des inspecteurs de ton service. Destouches n'y verra que du feu et je pourrai lui ôter la vie.

Ferron hésitait.

— Je crains que le millionnaire ne me fasse pas confiance.

— C'est un ordre, Numéro 7.

~∧~

Amandine de Véramel lui tourna le dos et quitta le musée Grévin sous les regards amusés de tous les visiteurs.

Un taxi la déposa devant un immeuble du boulevard Raspail.

Elle s'y engouffra, prit l'ascenseur jusqu'au sixième étage, pénétra dans un appartement meublé de façon vieillotte, enleva ses vêtements voyants et les coussins qui la grossissaient, puis démaquilla soigneusement son visage et souleva une lourde trappe qui faisait communiquer les lieux avec le logement du dessous.

Un pigeon roucoulait dans une cage pendue à la fenêtre.

La jeune femme le prit dans ses mains, détacha le message codé attaché à l'une de ses pattes et le déchiffra :

Maxime Amalric. Chambre 16.
Trois hommes des services spéciaux devant la porte. Un à l'intérieur.
Signé : Numéro 3.

La jeune femme craqua une allumette et enflamma le billet pour le réduire en cendres, puis elle ouvrit la penderie, décrocha un uniforme d'infirmière, le revêtit, enfouit une grenade dans son corsage et prit une fiole de poison et une seringue dans le tiroir de la commode.

Elle les glissa dans la poche gauche de sa blouse, enfila un ciré noir, sortit de l'immeuble par l'escalier de service et monta dans un autobus afin de se rendre à l'hôpital où Amalric était en observation. Son expérience du crime lui avait enseigné que les stratégies les plus simples étaient plus efficaces que les tactiques compliquées. Elle entra donc dans l'établissement hospitalier, ôta son imperméable, monta jusqu'à la chambre 16 en affichant le plus grand naturel, salua brièvement les trois hommes qui en gardaient l'accès, poussa la porte, adressa un sourire à l'individu qui veillait sur l'écrivain et approcha du lit en refermant sa main droite sur la seringue.

Masquant son geste, la criminelle s'apprêtait à injecter la dose mortelle de poison dans le sang du malheureux quand elle constata n'être en présence que d'un mannequin affublé d'une perruque.

— Maldonne, dit le membre des services spéciaux en ricanant.

Il braquait un Browning sur elle.

Ses trois collègues entrèrent dans la chambre en compagnie de Bertrand Hartman, qui ne pouvait cacher sa satisfaction.

— Je vous attendais, dit-il. Une femme comme vous ne pouvait pas laisser Maxime en vie. C'est pourquoi j'ai préparé ce piège. Votre Numéro 3 s'est fait sauter la cervelle ce matin. C'est moi qui vous ai envoyé le message qu'il avait préparé. Lâchez cette seringue.

La jeune femme obéit.

— Vous avez gagné, dit-elle en se plaçant dans l'encadrement de la porte.

— Chacun son tour, répondit le petit moustachu.

L'aventurière porta nonchalamment la main à son corsage, dégoupilla la grenade, attendit quelques secondes puis la lança sur les hommes du service secret qui se plaquèrent aussitôt sur le sol.

L'explosion ne se fit pas attendre.

Seulement blessé, Hartman se releva et constata la mort affreuse de ses compagnons.

Amandine de Véramel avait disparu.

25

UNE AFFAIRE IMPRÉVUE

Adrien écoutait attentivement Lulu la Biche.

— Nous avons enfin repéré le coupeur de têtes, expliquait-elle en buvant le thé que le détective lui avait servi. Il s'est attaqué à une blanchisseuse rousse qui livrait du linge derrière la place d'Estienne-d'Orves au petit matin. Mais il n'a pas pu la décapiter parce que les ouvriers d'un chantier du métropolitain sont sortis de terre et l'ont contraint à s'enfuir. Casimir la Breloque a vu toute la scène du porche, où il mendie dès l'aube. Il a pris discrètement l'assassin en filature et a découvert qu'il habitait rue Buffault. À mon avis, ce maniaque va vouloir agir aujourd'hui quand le jour baissera.

— Il ne tue que les femmes aux cheveux rouges, déclara Cédric.

— Nous pouvons lui tendre un piège, proposa Lulu. Si vous voulez, je vais servir d'appât, avec une perruque.

Destouches admira son courage.

— Je t'en remercie. Nous devons le capturer, mais sans prendre de risques. Rien de nouveau à propos des Tarentules ?

— Non, soupira la jeune femme.

— Dommage…

Adrien décrocha le téléphone et appela l'inspecteur Paul Chevalier.

— Vous ne chômez pas ! s'exclama le policier. Nous allons immédiatement interpeller ce suspect.

— Surtout pas, déclara le détective. Il faut le prendre en flagrant délit. Ses précédents meurtres ont été perpétrés à l'aube et au crépuscule. Cela nous laisse du temps pour organiser la souricière. Vous observerez mon plan dans les moindres détails, et il sera mis hors d'état de nuire.

Quand Destouches eut terminé ses explications sur la marche à suivre, il reposa le combiné en serrant les dents.

Depuis deux mois, trois femmes rousses avaient eu la tête tranchée dans la rue. L'une était cousette dans un atelier rue des Martyrs. L'autre faisait des ménages au quartier Saint-Georges. La dernière tenait le vestiaire d'un cabaret de Pigalle ouvert toute la nuit. L'examen de leurs cadavres avait révélé que l'assassin utilisait une machette pour ses crimes.

Averti par le commissaire Cyprien Grenier, Adrien avait demandé l'aide des amis de Lulu pour quadriller le IXe arrondissement dans l'espoir que le monstre commette une imprudence ou une bévue — ce qui venait d'arriver.

Bien que sa lutte difficile contre la bande des Tarentules lui prît tout son temps, le détective devait débarrasser la ville de ce dangereux criminel.

— Ce monstre va tomber dans mon piège, dit-il à Lulu.

Cinq heures plus tard, une vendeuse de fleurs aux cheveux rouges vint se poster au coin de la rue Buffault et de la rue Lamartine.

Marcel Novan la vit de sa fenêtre et jubila devant une telle aubaine.

Le destin lui apportait une belle proie à la crinière écarlate.

Son appartement contenait des statuettes effrayantes. Une vierge noire entourée de bougies était posée dans une niche contre le mur. Des ouvrages sur le vaudou remplissaient la bibliothèque. Enfermés dans une cage, quatre coqs attendaient leur sacrifice. De la viande crue pourrissait dans une assiette.

L'homme enfila un long manteau, glissa une machette dans sa ceinture et revint guetter la fleuriste en attendant que la nuit tombe sur Paris.

Pendant ce temps, des policiers empêchaient les passants d'emprunter la rue Buffault. D'autres, en civil, l'arpentaient pour que les soupçons du tueur ne soient pas attirés par un trottoir désert. Ils achetaient parfois un petit bouquet à celle qui leur servait d'appât.

— Tu penses que Destouches a bien tout prévu ? demanda Jules Ferron à Paul Chevalier.

— Il ne laisse jamais rien au hasard, répondit l'inspecteur à son collègue. Tu peux lui faire confiance. C'est la première fois que tu participes à une de ses opérations, mais, pour moi, c'est au moins la vingtième. Adrien est très fort.

L'espion des Tarentules n'insista pas. Il espérait que l'ennemi de sa bande pût trouver la mort dans cette opération, quitte à devoir profiter de la confusion accompagnant l'arrestation du coupeur de têtes pour le tuer lui-même. Alors, le chef des Tarentules lui octroierait une belle prime pour son acte. Amandine de Véramel serait sans doute furieuse d'être frustrée de sa vengeance, mais il s'en moquait. Elle l'agaçait, d'ailleurs, avec ses grands airs. Et cela lui éviterait d'organiser la dangereuse embuscade des Tuileries.

La fin du jour s'accompagna de la sortie des bureaux.

Davantage de policiers arpentèrent alors la rue Buffault en marchant à la façon des employés pressés de regagner leur domicile.

Posté derrière la vitre de sa fenêtre, Marcel Novan patientait.

Chevalier réunit ses troupes.

— Nous n'intervenons qu'au moment où Adrien nous appelle. Tenez-vous prêts. Si tout se déroule comme prévu, pas besoin de faire usage de nos armes.

Chacun se mit en place.

Marcel Novan s'apprêtait à descendre dans la rue, mais il s'arrêta devant sa porte en songeant à l'imprudence de tuer une femme juste en bas de chez lui. Figé dans son corridor, il hésitait beaucoup à passer à l'acte. Sa pulsion de meurtre était bien trop forte pour le faire renoncer à son projet. Toute prudence l'abandonna. Il dévala les escaliers et fut rassuré : le trottoir était maintenant vide. La marchande de fleurs lui souriait en tendant des roses.

Sa machette siffla dans l'air, mais le long coutelas n'atteignit pas son but.

Le bras de la femme avait arrêté celui du monstre dans son élan.

D'une prise de ju-jitsu imparable, la rousse désarma l'assassin, le projeta au sol, puis sortit un Beretta de sous son jupon et le braqua sur Novan.

— Ne bouge plus, dit-elle, avec une voix d'homme.

Destouches, car c'était lui, enleva sa perruque en appelant la police. Le tueur lui empoigna alors les jambes et le déséquilibra. Adrien lâcha le pistolet pour pouvoir lutter avec lui. L'inspecteur Jules Ferron arriva le premier sur les lieux. Il tira pour abattre le détective. Novan se dégagea au même moment et c'est lui qui reçut la balle dans l'épaule. L'homme des Tarentules ne put pas faire feu une seconde fois sur Adrien parce que son collègue Chevalier venait de le rejoindre.

— Tu étais obligé de te servir de ton arme ? demanda-t-il.

— Bien sûr, affirma Numéro 7.

Malgré sa blessure, l'assassin des femmes rousses parvenait à prendre le dessus sur Destouches. Il était d'une force colossale et les deux inspecteurs durent aider le détective pour l'immobiliser. La chemise de Jules Ferron fut déchirée pendant ce combat. Adrien aperçut alors l'araignée tatouée sur sa poitrine. Il comprit que le policer était l'espion des Tarentules, mais fit comme s'il n'avait rien vu.

— Nous n'avons pas perdu notre journée, déclara l'inspecteur Chevalier en mettant les menottes à Marcel Novan.

— Parlez pour vous, grogna le coupeur de têtes.

26

La trahison de Numéro 7

L a nuit tombait avec la pluie sur la ville. Les gens restaient chez eux et la lumière des fenêtres trouait les façades. Dans un bureau au dernier étage de la préfecture, Destouches observait Jules Ferron.

— Fermez la porte à clé, dit-il soudain à Paul Chevalier.

L'inspecteur le regarda avec des yeux ronds.

— Pourquoi ?

— Je ne tiens pas à ce que votre collègue sorte d'ici, ajouta le détective en braquant son pistolet sur le policier félon.

Numéro 7 comprit immédiatement qu'il était démasqué.

Adrien le désarma, lui menotta les mains dans le dos et lui arracha sa chemise.

À la vue de l'araignée tatouée, Chevalier serra les poings.

— Le sale traître !

Depuis qu'il était passé du côté du crime par cupidité, Jules Ferron n'avait jamais envisagé de sacrifier au rituel suicidaire des Tarentules en se faisant sauter la tête et les mains en cas de capture. Il ne portait d'ailleurs aucune grenade sur lui. Néanmoins, être démasqué le mettait en danger de mort. Un membre de la bande l'exécuterait certainement dans sa cellule afin d'assurer son silence. N'étant donc en sécurité nulle part, il se demandait comment sortir de ce mauvais pas sans mettre sa vie en péril.

— Maintenant, tu vas me raconter tout ce que tu sais, déclara son collègue avec rage.

Ferron resta silencieux.

— Cet espion ne dira rien par peur des représailles, déclara Destouches.

L'inspecteur soupira.

— Alors, il est bon pour la guillotine.

Numéro 7 éclata de rire et choisit l'arrogance.

— Parce que je porte un tatouage d'araignée sur la poitrine ? C'est bien peu comme chef d'accusation... N'oublie pas que je suis aussi policier, mon cher Paul. Pour me traîner devant un tribunal, tu dois non seulement prouver que j'appartiens effectivement aux Tarentules, mais démontrer également que je suis coupable de quelque crime. Sinon, tu ne peux pas grand-chose contre moi...

— Ce voyou a raison, marmonna Adrien.

— Je ne vais quand même pas le relâcher !

Le détective soupira.

— C'est la loi.

— Et elle est la même pour tout le monde, ricana le prisonnier.

Chevalier l'empoigna par les cheveux.

— Moi, je saurai te faire parler. J'y passerai le temps qu'il faudra, mais tu vas vider ton sac...

— Compte là-dessus et bois de l'eau.

Destouches décrocha le téléphone.

— Mon cher inspecteur, je vais signaler à une amie journaliste de *Paris Monde soir* que vous avez démasqué un membre important de la bande des Tarentules qui avait infiltré votre service. Son article paraîtra dans la dernière édition de la nuit. Elle va certainement nous envoyer un photographe pour prendre le portrait de Ferron afin d'illustrer son papier...

Numéro 7 pâlit en entendant ces mots.

— Vous n'avez pas le droit de faire ça. Je ne suis pas inculpé.

Le détective composa le numéro.

— C'est illégal, continua le traître.

Destouches haussa les épaules et prit un ton désinvolte.

— Bien entendu, si vous ne nous dites rien, nous vous laisserons partir et le journal publiera un rectificatif au cours de la soirée de demain.

— Je ne quitterai pas les lieux, cria le prisonnier. Ils vont me descendre dès que je serai dehors...

— Tu reconnais donc être l'un d'eux, murmura Chevalier.

L'homme se mordit les lèvres et perdit son aplomb.

— Tout, plutôt que mourir comme un chien sur le trottoir !

Une voix répondit alors au bout du fil.

— Je voudrais parler à Natacha Berger, demanda Adrien Destouches à son correspondant de *Paris Monde Soir*. Vous devez aller la chercher au marbre ? D'accord, j'attends.

Ferron protesta.

— Ce que vous faites est malhonnête.

L'inspecteur le regarda dans les yeux.

— Tu as des complices à la Criminelle ?

Ferron avala difficilement sa salive.

— L'organisation fonctionne sur des réseaux parfaitement étanches. Je sais que plusieurs policiers travaillent ici pour elle, mais chacun ignore l'identité de l'autre. C'est la raison pour laquelle, même à la préfecture, je suis en danger de mort. Si l'un d'eux apprend mon arrestation, il me supprimera…

Destouches reposa le combiné du téléphone.

— Qui est votre chef ?

— Je ne sais pas. C'est le grand secret.

— Et qui sont ses lieutenants directs en dehors de ceux qui se font appeler Amandine de Véramel et Ludwig von Strongberg ?

Le prisonnier fut étonné que le détective connaisse ces noms, mais il rusa.

— Moi, mon rôle est tout petit dans le groupe. J'espionne et transmets des informations. Rien de plus…

— Vous avez quand même des contacts ?

— Ce ne sont jamais les mêmes, mentit son interlocuteur. Personne ne sait leur véritable nom. Ils ont tous des pseudonymes et ordre de se faire sauter le visage et les mains à la grenade en cas de capture pour effacer les preuves de leur véritable identité.

— Je sais déjà tout ça, dit le détective. Parlez-nous plutôt de ceux qui sont infiltrés dans la police, les services secrets, l'armée et les ministères.

Ferron baissa la voix.

— Nous portons des numéros et sommes surveillés en permanence par les Tarentules. Nous n'avons pas le droit de prendre d'initiative. Notre rôle est de fournir des informations en cas d'urgence ou de demande expresse.

— Tu les as avertis pour la péniche et l'aéroport clan-destin ! hurla Chevalier.

— On me paie pour ça. Je suis Numéro 7. Un com-plice de seconde zone…

L'inspecteur lui jeta un regard méprisant.

— Je vais te flanquer à la rue si tu ne me donnes rien de plus concret.

Le traître éclata en sanglots.

— Je ne veux pas sortir d'ici…

— Alors, parle !

— J'ai dit tout ce que je savais.

Chevalier pointa un doigt accusateur sur lui.

— Tu as participé au meurtre du malheureux Varin dans le hangar de l'avion à La Garenne-Colombes. Qui me dit que ce n'est pas toi qui l'as abattu d'une balle en plein front.

L'informateur des Tarentules paniqua et brisa la loi du silence.

— C'est Amandine de Véramel qui a tiré sur Varin. Pas moi…

— Et tu l'as aidée à s'enfuir par avion…

— Je ne pouvais pas faire autrement. Vous ne la connaissez pas. C'est une femme redoutable qui aime tuer par plaisir. Nous la craignons tous. Elle est la plus importante de la bande. C'est la seule à connaître le nom et le visage du chef. Mais, attendez… Nous allons pouvoir nous entendre. Je peux vous aider à la captu-rer. Il faudra juste faire attention qu'elle ne se fasse pas sauter à la grenade en se sachant prise. Demain soir, aux Tuileries…

Il leur exposa en détail le plan ourdi par la meurtrière pour se venger de Destouches.

— Cette femme vous en veut, dit Chevalier au millionnaire.

Adrien ne répondit pas.

— Vous devez me protéger, supplia Ferron. Je ne veux pas qu'on me tue.

— Ce ne serait pas une grosse perte, soupira l'inspecteur.

— Sauf que nous avons besoin de lui demain soir, dit le détective. S'il n'est pas aux Tuileries, cette meurtrière se méfiera.

Le policier se gratta la tête.

— J'hésite à le mettre sous les verrous dans l'attente de l'opération. S'il a dit vrai, quelqu'un de mon service peut l'assassiner. Par ailleurs, maintenant, je me méfie de tous mes hommes et me demande en qui avoir confiance pour l'interpellation de cette femme demain soir. C'est insoluble.

Destouches s'approcha et lui chuchota à l'oreille :

— Si cela ne choque pas trop vos convictions, c'est la pègre de Paris qui va nous aider à mettre la main sur Amandine de Véramel.

27

LA COUR DES MIRACLES

Lulu la Biche arriva au Châtelet à bord d'une 12 CV Peugeot que conduisait Virgile le Surineur.

— Je n'ai rien pu trouver de mieux comme automobile, s'excusa le truand. Ils sont trois ?

— C'est ce que m'a annoncé au téléphone Adrien au Bar de Léontine.

— Et nous devons les charger derrière la préfecture ! C'est plein de policiers dans ce coin-là…

— Justement, Destouches est accompagné de deux inspecteurs.

Le chauffeur grimaça.

— Tout cela me semble cousu d'un fil blanc pas très propre.

— Tourne à gauche, lui indiqua la jeune femme. Arrête-toi et laisse tourner le moteur. Ils doivent nous attendre.

Le détective sortit alors du bâtiment avec ses compagnons.

— N'essaie surtout pas de t'échapper, murmura Chevalier en faisant passer Jules Ferron devant lui. Avance d'un air naturel.

— Est-ce que j'ai le choix ? répondit Numéro 7.

Adrien reconnut sa complice à l'intérieur de la Peugeot.

— Nous montons derrière, déclara-t-il en ouvrant la portière.

L'inspecteur et son prisonnier lui obéirent.

La 12 CV démarra en direction du nord de la ville.

— C'est bien la première fois que je promène des policiers dans une bagnole volée, gloussa Virgile en bifurquant vers une ruelle déserte.

Il gara le véhicule à l'abri des regards.

— Je dois vous bander les yeux à tous les deux, expliqua Destouches. Mes amis de la pègre sont d'accord pour jouer cette comédie avec moi, mais ils ne souhaitent pas que leur repaire soit connu des forces de l'ordre.

— La condition est légitime, estima Chevalier en se laissant faire.

— Vous aussi, dit le détective à Ferron.

L'espion des Tarentules soupira avec amertume.

— Décidemment, vous n'avez pas confiance en moi.

⌒

Quand leurs visages furent voilés, le chauffeur reprit sa route vers Pigalle, mais il opéra plusieurs détours afin d'empêcher les deux passagers aveuglés d'un bandeau de se repérer à l'oreille pendant le trajet.

Lors de sa conversation téléphonique avec Lulu, Adrien avait expliqué ce qu'il attendait des malfrats de Montmartre, et promis de bien les payer pour qu'ils se déguisent en policiers. La marchande de fleurs contacta donc Henri le Dandy afin qu'il recrute plusieurs voyous peu susceptibles d'entretenir un quelconque rapport avec la bande des Tarentules. Elle était certaine que le baron de la pègre avait fait le nécessaire.

Dans le passé, ce talentueux cambrioleur avait déjà collaboré avec le détective pour l'aider à démanteler un réseau de kidnappeurs d'enfants qui assassinaient toujours les gosses après avoir touché l'argent de la rançon.

Les deux hommes avaient donc de l'estime l'un pour l'autre.

Adrien respectait beaucoup Henri le Dandy parce que, comme Corentin, le truand n'avait jamais eu de sang sur les mains.

❧

Une heure plus tard, le groupe descendit dans les égouts. Adrien et Virgile guidaient leurs compagnons aux yeux bandés. Ils arrivèrent enfin à l'intérieur d'une crypte où une vingtaine de malfrats étaient réunis.

— Je constate que vous avez bien observé toutes les précautions d'usage, dit Henri le Dandy en serrant la main de Destouches. Maintenant, vous pouvez leur rendre la vue.

Lulu s'acquitta de cette tâche.

Chevalier constata que l'endroit était éclairé par des cierges.

Il reconnut alors plusieurs individus recherchés par ses services.

— Belle brochette de voyous, déclara le policier.

— Mais toute à votre service, lui fit remarquer Arsène les Doigts de fée qui régnait sur les pickpockets de Paris.

— Une fois n'est pas coutume, renchérit un colosse à la voix d'enfant.

L'inspecteur ne put s'empêcher de sourire.

— Louis la Terreur… Je ne savais même pas que tu t'étais évadé du bagne.

— Le climat de Cayenne ne me convenait pas.

Adrien s'adressa à tous :

— Dans quatre heures, nous serons dans le jardin des Tuileries. Chacun de vous portera un chapeau dissimulant partiellement son visage.

— Parce que nous n'avons pas une tête de policiers, ironisa Louis la Terreur.

— Ce n'est pas ça, répondit Destouches. Je veux faire croire que vous êtes des membres de la bande des Tarentules déguisés en inspecteurs.

Arsène les Doigts de fée protesta :

— C'est dangereux de marcher sur les plates-bandes de ces gars-là. Ils ne plaisantent pas et moi, je tiens à ma peau.

— Vous serez très bien payés, intervint Lulu.

L'hésitation se lisait sur le visage de la plupart des bandits.

— Et pourquoi toute cette mise en scène ? demanda Virgile le Surineur.

— Parce qu'Amandine de Véramel doit absolument croire que vous allez me livrer à elle, expliqua le détective.

— Pour le tuer, ajouta Chevalier.

Le nom de l'aventurière provoqua un malaise dans l'assistance.

Sa réputation donnait des frissons au plus sauvage des bandits.

Ils n'avaient guère envie de se mesurer à elle.

— Vous n'avez rien à craindre, continua l'inspecteur en désignant Ferron. Elle pense que cette crapule a piégé

Destouches pour le mettre à sa merci. Nous allons lui donner le change.

Félicien la Science prit la parole.

— Pourquoi faire appel à nous et pas à vos hommes ?

— Les Tarentules ont infiltré mon service. Ce serait imprudent.

— Elle est belle, la police française ! rugit Louis la Terreur.

Des rires suivirent sa remarque.

Henri le Dandy ordonna le silence. Puis il déboutonna sa chemise.

— Que chacun de vous dénude sa poitrine, dit-il. Je tiens à vérifier ainsi que personne ne porte un tatouage d'araignée sur le cœur. Il peut aussi y avoir des traîtres parmi nous.

Tous les voyous s'exécutèrent.

Aucun d'eux n'avait d'arachnide dessiné sur la peau.

28

DOUBLE JEU

Amandine de Véramel n'avait pas quitté l'hôpital tout de suite. Ses habits d'infirmière avaient suffi à justifier sa présence sur les lieux. Un mouvement de panique avait suivi l'explosion de la grenade dans la chambre 16 et le personnel soignant courait en tous sens pour rassurer les patients. Elle en profita donc pour aller dans chaque pièce, avec l'espoir d'y découvrir Amalric et de l'achever. Mais l'écrivain ne se trouvait à l'intérieur d'aucune d'elles.

Déçue, l'aventurière était sortie dans la cour en pleine confusion.

Elle était montée au volant d'une ambulance vide et avait mis le contact.

Le véhicule avait roulé vers le boulevard Raspail en faisant hurler sa sirène.

La prudence incitait Amandine à ne pas rester dans le duplex qui lui servait de refuge. Son premier geste fut de libérer les pigeons qui s'envolèrent vers ses différents correspondants. Comme ils ne portaient pas de messages, les Tarentules comprendraient qu'il ne fallait plus les utiliser pour l'informer.

Après avoir changé de vêtements et dissimulé une nouvelle grenade sous sa jupe, elle avait jeté un poignard et deux pistolets automatiques dans un grand sac à main, puis ouvert le double fond d'une valise et pris l'argent qui s'y trouvait. N'emportant que sa boîte à maquillage, elle avait regagné la rue, était descendue dans le métropolitain et s'était laissé conduire jusqu'à la gare du Nord. Une fois sur place, elle était montée dans un train pour Frépillon afin d'aller passer la nuit chez le vieux couple qui s'occupait de son fils, persuadée que là-bas, sa sécurité était assurée.

Pendant toute la soirée, elle avait cajolé son enfant, qui rayonnait de joie de la voir revenue si vite auprès de lui.

À présent, elle revenait dans la capitale pour en finir avec Destouches. La perspective de pouvoir accomplir sa vengeance la réjouissait. Un sourire cruel marquait son visage.

Une fois à la gare du Nord, il lui restait plusieurs heures à attendre avant de se rendre au rendez-vous de minuit. Elle décida d'aller tromper son ennui au cinéma et prit un taxi pour la rue Tholozée afin de voir *L'Âge d'or,* qui faisait scandale, mais lorsque la voiture s'arrêta devant le Studio 28, des hommes y lacéraient toutes les toiles exposées dans le hall du cinéma. Une odeur de boules puantes flottait dans l'air.

Craignant l'arrivée imminente de la police, l'aventurière dit au chauffeur de quitter les lieux, puis se fit déposer devant un hôtel place de la Condorde et y loua une suite pour attendre l'heure du piège tendu contre Destouches.

Un peu avant minuit, dans le jardin des Tuileries, les hommes d'Henri le Dandy se retenaient de rire en écoutant les consignes de l'inspecteur Paul Chevalier. Connaissant les stratégies de la police pour y avoir souvent été confrontés, ils s'amusaient de la situation, oubliant ainsi leur inquiétude de devoir affronter la plus sanguinaire des Tarentules. En revanche, Jules Ferron transpirait à l'idée qu'Amandine de Véramel découvre qu'il l'avait trahie.

De son côté, Adrien avait un mauvais pressentiment.

Cette sensation ne lui était pas inconnue.

Elle lui venait souvent quand une opération allait mal tourner et son instinct ne le trompait jamais dans ces cas-là.

— Il n'y a plus qu'à attendre, lui dit Chevalier.

— Vivement que ce soit terminé, gémit Ferron.

— Je veux cette femme vivante, précisa le détective.

— Moi aussi, marmona l'inspecteur en lui adressant un clin d'œil complice.

Les faux policiers se dissimulèrent derrière les troncs d'arbre.

La pluie continuait à tomber.

Cette nuit du 3 décembre 1930 était glaciale.

Amandine de Véramel sortit du palace et se dirigea lentement vers la rue de Rivoli. Elle était calme. Aucun trouble ne se lisait sur ses traits.

Pourtant, son cœur battait à tout rompre à la pensée d'exécuter Destouches.

— C'est l'heure, dit le détective à l'inspecteur.

— Restez en arrière, conseilla le policier. Je vais m'exposer avec Ferron pour qu'elle ne se doute de rien. Il lui fera alors croire que je suis une Tarentule et le tour sera joué.

— Espérons que ça marche, balbutia Numéro 7.

— J'allume une cigarette quand vous pourrez intervenir, continua Chevalier.

— Maîtrisez-la pour qu'elle ne se serve pas de la grenade, dit Adrien.

Les deux hommes s'éloignèrent dans la pénombre.

L'aventurière entra dans les jardins et s'immobilisa devant une statue. Elle reconnut la silhouette de Ferron qui avançait dans sa direction en compagnie d'un homme qui n'était pas Destouches. Quand ils parvinrent à sa hauteur, la jeune femme reconnut Paul Chevalier.

— Numéro 6 ! s'exclama-t-elle.

L'inspecteur poignarda aussitôt Jules Ferron dans le dos, mais le maintint debout et tendit son couteau à la jeune femme.

— Ce traître a vendu la mèche. Donnez-moi un coup de lame dans l'épaule et fuyez d'ici. Ce ne sont pas des hommes à nous qui quadrillent les jardins.

Elle frappa l'inspecteur en plein cœur.

— Je suis désolée, Numéro 6, mais Destouches t'aurait démasqué. Moi, je ne prends aucun risque inutile.

Les deux informateurs des Tarentules tombèrent simultanément à terre.

Le détective vit Amandine s'enfuir. Il se lança à sa poursuite. L'aventurière grimpa dans un taxi qui démarra en trombe. Aucune autre voiture n'était en station. Adrien revint dans les jardins en maudissant la jeune femme.

Les hommes d'Henri le Dandy ne savaient plus quoi faire.

Ils quittaient leur cachette les uns après les autres.

Virgile le Surineur examinait les deux corps gisant sur le gravier.

— Du beau travail, estima-t-il. Je n'aurais pas fait mieux.

— Et tu es un connaisseur, déclara Louis la Terreur, qui venait de le rejoindre.

Destouches arriva à leur hauteur.

— Ils sont gravement blessés ?

Virgile ricana.

— Non, ils sont morts. Votre inspecteur a reçu la lame en plein cœur, mais l'autre a été poignardé dans le dos. Je me demande comment cette femme a pu faire. Elle était en face d'eux. Si j'en crois ma longue expérience, il ne lui a été possible que de tuer l'inspecteur. Pas votre traître… J'en déduis donc que le policier l'a d'abord zigouillé avant de recevoir le même sort. Si j'étais vous, j'ouvrirais la chemise de votre copain…

Le détective découvrit la poitrine de Paul Chevalier.

Une araignée tatouée saignait sur son cœur.

29

Recours à Corentin

Henri le Dandy empocha l'argent qu'Adrien venait de lui remettre afin qu'il soit distribué aux truands qui avaient participé à l'opération des Tuileries. Les deux hommes se tenaient debout dans le bureau de l'hôtel particulier du quai Voltaire. La pluie giflait violemment les vitres.

Le baron de la pègre désigna les lieux avec gourmandise.

— Vous êtes un homme riche. Bibelots d'albâtre et de jade. Statuettes d'or et d'onyx. Toiles de maîtres flamands. Tapis persans. Et personne n'a jamais tenté de vous cambrioler ?

— Je vous croyais meilleur observateur, répondit Destouches. Il me semblait qu'un professionnel de votre classe pouvait aisément repérer les protections dont je me suis entouré pour décourager les meilleurs voleurs.

Son interlocuteur sourit.

— Les rideaux d'acier pouvant descendre du plafond, la triple combinaison de votre coffre-fort et son blocage si l'on ne compose pas rapidement les bons numéros, l'ascenseur hydraulique piégé… Je vous fais grâce du reste. Pour moi, ce ne sont pas de gros obstacles. Ni pour le célèbre Corentin…

— Vous le connaissez ? demanda Adrien en jouant la surprise.

— Hélas, non. Je le regrette, d'ailleurs. Il serait un complice idéal, sauf que cet idéaliste ne garde jamais pour lui l'argent qu'il vole. Ce qui est tout à fait contraire à mes principes.

— Corentin ne s'attaque qu'aux escrocs.

— Moi, je ne vole que les riches…

— Parce que les pauvres n'ont pas d'argent.

— On ne peut rien vous cacher, déclara le baron de la pègre en prenant congé de son interlocuteur.

Le détective l'accompagna jusqu'au perron de sa demeure.

— Merci pour votre aide, dit-il en lui serrant la main.

Henry le Dandy le regarda avec sympathie.

— Dommage que vous ayez laissé échapper cette criminelle. Maintenant, les Tarentules vont s'acharner contre vous. Votre vie est en grand danger. Ne commettez pas d'imprudence. Ces crapules sont plus fortes que vous. À la moindre occasion, elles ne vous manqueront pas. Je détesterais me rendre à votre enterrement. Il y aurait trop de policiers derrière le corbillard.

Destouches le regarda partir dans la nuit.

~

Une Duesenberg vint alors se garer devant l'hôtel particulier.

Elle était conduite par le fils de Bertrand Hartman.

— Mon père veut vous voir, dit le jeune homme.

— Il ne dort donc jamais ?

— Le sommeil n'existe pas pour ceux qui veillent sur la paix du monde. Allez chercher votre manteau et vos gants.

Adrien protesta.

— Je ne suis pas à sa disposition. Revenez demain. J'ai besoin de repos.

— Ne m'obligez pas à utiliser la manière forte. Je vous ai vu revenir ici avec l'homme qui vient de partir et j'ai attendu son départ pour vous demander de venir avec moi, ce qui a fait perdre un temps précieux. Alors, dépêchez-vous.

Le détective remonta prendre un imperméable, un chapeau et des gants. Il prit ensuite place dans la voiture, pestant contre le chef des services secrets. L'automobile démarra, traversa la Seine, roula jusqu'à la Madeleine et s'arrêta devant un immeuble bourgeois du square Louis-XVI.

— C'est le domicile personnel de papa, signala Éric. Entrez par la porte de service, qui n'est jamais fermée. Prenez les escaliers jusqu'au troisième étage. Inutile de sonner au seul appartement qu'il occupe. Mon père va vous ouvrir. De sa fenêtre, il a vu notre voiture arriver.

Destouches descendit de la Duesenberg, pénétra dans l'immeuble et gravit les marches d'un escalier de pierre. Hartman l'attendait devant son domicile. Il le fit pénétrer dans une vaste pièce à peine meublée.

Adrien remarqua son bras en écharpe.

— Une blessure ?

— J'ai l'habitude de ces désagréments, répondit le moustachu. Asseyez-vous sur ce fauteuil et ne m'interrompez surtout pas. Le temps nous presse. Tout à l'heure, vous avez lamentablement échoué aux Tuileries. Je le sais parce qu'un de mes hommes ayant infiltré la pègre s'y trouvait avec vous, mais il n'a pas pu me prévenir de cette mauvaise initiative avant que vous la mettiez à exécution. L'information ne m'est parvenue qu'après la fuite d'Amandine de Véramel et l'exécution des deux espions de sa bande. Pour vous consoler, sachez que j'ai moi-même essuyé un revers identique au vôtre. Cette jeune femme m'a filé entre les doigts en tuant trois de mes agents.

— Alors que vous pouviez l'arrêter à Marseille.

— Taisez-vous. Lors de cette mission dans le Sud, il fallait la tromper, pas la mettre hors d'état de nuire. Les Tarentules pensent que le Russe est mort et c'est l'essentiel. Mais, à présent, nous sommes dans une impasse. Capturer cette aventurière nous aurait donné l'avantage. Je me serais arrangé pour que son chef pense qu'elle l'avait trahi. Il aurait donc été contraint d'essayer de la faire tuer par un de ses hommes introduits dans mon service. Moi, j'aurais pu piéger cet exécuteur et le faire parler. Maintenant, c'est fichu. Je n'ai plus que vous pour me servir d'appât.

Destouches serra les poings.

— Encore une de vos idées sadiques… Je déteste tout ce que vous faites. La perspective d'y participer m'est odieuse. J'ai honte de notre collaboration récente !

Le chef des services secrets perdit patience.

— Peut-être, mais je vous rappelle quand même que j'ai fait le nécessaire pour que Corentin soit innocenté.

— Par le sang d'un truand que vous avez fait tuer afin de falsifier la vérité !

— Avec tous les crimes qu'il avait commis, ce lascar était déjà bon pour la guillotine.

— Même un meurtrier a droit à un procès équitable.

Le petit moustachu leva les yeux au ciel.

— Pas de morale, s'il vous plaît.

— J'ai l'impression que le sort du professeur Croquet ne vous intéresse pas, continua le détective. Il est prisonnier de ces bandits. Le libérer devrait être votre principal objectif. Son invention le met en danger de mort. Il pourrait aussi parler sous la torture et…

Son interlocuteur l'interrompit.

— Ne vous inquiétez pas pour ça. Horace Croquet ne risque pas sa vie avant d'être vendu au plus offrant… Et j'ai aussi réglé ce problème.

— Je ne comprends pas, balbutia le millionnaire.

— C'est moi qui vais payer gros pour le récupérer.

Destouches regarda son interlocuteur avec surprise.

— Au nom du gouvernement français ?

— Bien entendu. J'enchéris beaucoup sur nos rivaux. Ils ne pourront donc pas suivre. L'État a débloqué des fonds secrets.

— Quelle farce !

— Dans notre métier, la comédie tient une grande place, je l'avoue.

Adrien fronça les sourcils.

— Vous êtes donc en contact avec les Tarentules ?

Hartman se versa un verre d'eau et le but avant de répondre.

— Seulement avec leur intermédiaire, qui opère sous le nom de Garth.

— Et vous allez profiter de la transaction pour l'arrêter ?

Le chef des services secrets éclata de rire.

— Certainement pas… Garth ne fait d'ailleurs pas partie de leur bande et il nous permet de régler de façon

financière bon nombre d'affaires délicates, et pas seulement avec les Tarentules… Cet homme est intouchable.
Il nous est extrêmement précieux. Mais je suis confronté
à un autre problème que vous allez m'aider à résoudre.

— Servir d'appât… Vous me l'avez déjà dit.

— Non, j'ai besoin de Corentin, pas de Destouches.

Il ouvrit le tiroir de son secrétaire, y prit une liasse de
feuilles et la tendit au détective. Des calculs compliqués
s'y alignaient. Les dessins d'un immense canon figuraient
sur certaines.

— Les plans de l'arme inventée par Croquet ! s'écria
Adrien.

— De faux plans, rectifia Hartman, mais ils vont bientôt passer pour de vrais. Comprenez bien que racheter
le savant à ses ravisseurs ne résoud en rien la convoitise
des puissances étrangères en ce qui concerne son invention. Le chef des Tarentules y a pensé. Dérober les plans
lui serait donc lucratif. C'est d'ailleurs parce qu'il ne les
a pas trouvés que les membres de sa bande ont enlevé le
savant. Il n'a certainement pas renoncé à s'en emparer,
sauf que la demeure du professeur est trop bien gardée
pour y parvenir, même si un de ses hommes a infiltré
mon service ou la police. D'ailleurs, personne ne sait où
les documents se trouvent. Alors, moi, plutôt qu'empêcher leur vol, je préfère le favoriser. Mais pas avant que
les faux plans que vous avez en main soient dans la
cachette à la place des vrais.

Le millionnaire intervint.

— Pour cela, il faudrait savoir où ils sont dissimulés.

— Vous le savez.

— Moi ?

— Vous, Corentin, le roi des cambrioleurs… Au cours de votre longue visite sur les lieux avec le commissaire Cyprien Grenier, je suis absolument certain que vous avez repéré où ils étaient.

Destouches se demanda si Hartman n'était pas le diable en personne.

— Vous me croyez beaucoup plus fort que je ne suis, dit-il d'un air gêné.

Le moustachu frappa du pied sur le plancher de bois.

— Cessez de louvoyer. Je vous ai expliqué que le temps pressait. Lorsque mon fils va revenir, nous irons rue Fontaine. Il occupera les hommes en surveillance pendant que nous ferons la substitution. Et les vrais plans seront en sûreté.

— Rien ne vous assure que quelqu'un trouvera ensuite cette cachette pour y voler les faux.

— Je vous parie qu'ils seront dérobés.

Le détective comprit que son interlocuteur avait déjà tout organisé.

— Vous êtes très fort, Hartman. Mais j'aimerais savoir comment vous avez découvert que j'étais Corentin.

— C'est un secret que je vous révélerai peut-être un jour. Ou pas…

30

SUBSTITUTIONS

Éric déposa son père et Adrien Destouches au coin de la rue Chaptal, puis il roula jusqu'à la demeure du professeur Croquet. Un inspecteur de police et un agent secret en surveillaient l'accès. Leurs collègues respectifs gardaient l'intérieur de la maison.

Le jeune homme se gara et descendit de la Duesenberg.

— Nous avons appris que les Tarentules vont tenter quelque chose avant l'aube, dit-il à l'homme de son service. Dans l'attente des renforts, le patron demande que tout le monde se poste dans la rue pour leur laisser le chemin libre. Nous les coincerons quand ils quitteront les lieux.

— Je n'ai pas d'ordre à recevoir de vous, déclara l'inspecteur Schneider.

— Vous devinez quelles seront les conséquences pour votre avancement si l'opération échoue par votre faute, lui signala son interlocuteur.

Le policier pâlit.

— C'est bon. Je préviens les copains.

— Moi aussi, dit son compagnon des services secrets.

Ils entrèrent dans l'immeuble, puis en ressortirent tous ensemble pour se disposer sous différents porches de la rue Fontaine.

De l'autre côté de la maison, Hartman consultait l'heure à sa montre.

— Je pense que la route est libre, dit-il en sortant une grosse ventouse et un diamant de la poche de son manteau. Cette fenêtre est celle du cabinet de toilette du savant. Vous allez monter sur mes épaules pour découper la vitre et nous…

Destouches lui coupa la parole.

— Un instant… Pourquoi procéder ainsi, alors que vous pouvez entrer dans cette maison comme bon vous semble, récupérer les plans lorsque je vous aurai indiqué où ils sont cachés et les remplacer par les faux ?

— Sans avoir le plaisir d'observer Corentin dans ses œuvres ? Vraiment, ce serait dommage… Allons, mettez-vous au travail…

Perché sur les épaules du chef des services secrets, Destouches enfila ses gants et plaqua la ventouse sur la vitre.

Quelques secondes plus tard, ils étaient dans la place.

Adrien regretta de ne pas avoir recouvert ses semelles de caoutchouc lisse.

— Nous allons laisser l'empreinte de nos pas.

Le petit moustachu ne releva pas la remarque.

— Dans quelle pièce se trouvent les documents ? demanda-t-il.

Destouches lui fit signe de se taire et avança jusqu'au laboratoire.

Les policiers n'avaient pas éteint les lumières.

Les deux hommes pouvaient donc se déplacer aisément dans la demeure.

— Montrez-moi la cachette, dit Hartman avec impatience.

— Il n'y en a pas.

— Ne recommencez pas à me faire tourner en bourrique.

— Venez, vous allez comprendre.

Adrien désigna la table de travail du professeur.

— Ces dizaines de feuilles chiffonnées sur le sous-main, ce sont les plans. Le professeur Croquet les a laissés bien en vue.

— Le truc de *La Lettre volée* d'Edgar Poe. Ne pas dissimuler la preuve que tout le monde va chercher en fouillant dans chaque recoin...

— Et personne ne peut penser qu'elle est posée en évidence.

Le chef des services secrets consulta les papiers de sa main valide.

— On dirait surtout des brouillons.

— C'est normal, expliqua Adrien. Notre brave savant n'avait pas terminé la commande quand les Tarentules l'ont enlevé.

Pendant que son compagnon se penchait sur les notes gribouillées par le professeur Croquet, le détective souleva silencieusement une pile de feuilles blanches posée de l'autre côté du bureau et la glissa sous son imperméable.

Hartman ne le vit pas faire.

— Dépêchons-nous de filer, implora Destouches.

— Je dois d'abord froisser les faux plans, sinon cela attirera les soupçons...

Quand ce fut terminé, il rangea le butin dans la grande poche intérieure de son manteau.

— Maintenant, tout est prêt.

Sur le trottoir de la rue Chaptal, le détective regarda la vitre découpée.

— Vous avez tout fait pour que l'on constate une effraction. Pourquoi ?

Son interlocuteur posa la ventouse et le reste du matériel sur le sol, puis sortit un pistolet automatique de sa poche.

— Plaquez-vous sous ce porche obscur, cher ami.

— Mais…

— Ne discutez pas. Je ne laisse jamais rien au hasard. Ce serait un manque de professionnalisme.

Il se pencha pour poser un billet de train sous la ventouse, puis tira quatre coups de feu en l'air.

— Pour l'amour du ciel, Destouches. Cachez-vous. Le détective lui obéit aussitôt.

On entendit des pas de course.

— Ici, cria le moustachu en s'allongeant sur le trottoir.

Son fils, les hommes de son service et les policiers apparurent en groupe au coin de la rue.

Ils se portèrent aussitôt à son secours.

Un inspecteur l'aida à se relever.

— Je venais vous dire que l'opération contre les Tarentules est annulée, dit Hartman d'une voix essoufflée. Elles n'avaient pas l'intention d'agir cette nuit. C'était une ruse de la part de quelqu'un d'autre pour que vous quittiez la maison. En arrivant, j'ai vu deux hommes qui sautaient par cette fenêtre et leur ai fait barrage. L'un d'eux m'a jeté au sol. J'ai pu prendre mon pistolet malgré ma blessure. Alors, ils se sont enfuis en zigzag vers la place Clichy. Je leur ai tiré dessus, mais sans les toucher.

L'inspecteur Schneider ramassa le ticket de train posé sous la ventouse.

— C'est un billet pour Rome.

Hartman poussa un soupir.

— Dans ce cas, tout s'explique. Les espions de Mussolini sont venus pour voler les plans de Croquet.

— Mais rien ne prouve qu'ils les ont trouvés, nuança un des agents du moustachu. En aussi peu de temps, comment auraient-ils pu découvrir une cachette que nous cherchons depuis des jours ?

Son chef l'approuva.

— Tu dois avoir raison, Miland. Entrons tout de même et inspectons les traces qu'ils ont laissées dans la maison. Suivons leur chemin.

⌁

Adrien les vit tous passer par la fenêtre du cabinet de toilette et devina que le groupe allait suivre les empreintes qu'Hartman et lui avaient faites sur le sol. Elles les conduiraient jusqu'au laboratoire et si un espion des Tarentules se trouvait parmi eux, il pourrait remarquer les faux plans chiffonnés. Le chef des services secrets avait très bien calculé les choses. Cela s'était déroulé exactement comme il l'avait prévu, sauf que les notes du professeur Croquet actuellement en sa possession n'étaient que des brouillons, car Destouches s'était emparé des vrais documents. Il s'agissait de la pile de pages blanches. Au cours de sa première inspection des lieux, il avait remarqué une bouteille d'encre sympathique sur une étagère et pris une des feuilles vierges posées sur le bureau afin de la placer sous la flamme d'une allumette.

Des lettres et des chiffres étaient apparus sur le papier.

Pour lui, l'essentiel était que ces plans ne tombent dans aucune main, car lui aussi n'avait plus confiance en personne.

Et surtout pas en Bertrand Hartman.

31

LA FÊTE FORAINE DE STUTTGART

Confortablement installé dans sa roulotte, Horace Croquet dégustait une escalope viennoise avec appétit. Depuis que ses ravisseurs avaient cédé à ses caprices, le savant trouvait que la paresse était une chose merveilleuse et se demandait s'il n'avait pas perdu son temps en s'adonnant nuit et jour à la science. Une impression de légèreté accompagnait la frivolité de sa captivité dorée. Son enfance lui revint en mémoire, quand il rêvait d'être fermier pour vivre avec les animaux, sans imaginer qu'il inventerait plus tard des armes pouvant tuer des milliers d'êtres humains. Bercé par ses souvenirs de vacances scolaires à la campagne, il éprouva un fort sentiment de culpabilité en pensant aux massacres dont son canon allait être le responsable en cas de guerre et se jura de ne livrer le secret de cet engin à personne, même sous la torture. En revanche, il envisagea de mettre au point une machine d'irrigation des terres arides afin d'y développer la culture des légumes et des fruits.

Tout autour de lui, chacun s'agitait en parlant des langues différentes. La caravane de Marco di Venezia était arrivée à Stuttgart au matin. Le personnel du cirque achevait de monter le chapiteau sur une place du centre de la ville où des attractions foraines étaient déjà installées. Un pâle soleil de décembre perçait les nuages grisâtres.

Debout dans la ménagerie, Ludwig von Strongberg contemplait les tigres avec regret parce que, ce soir-là, il allait donner sa dernière performance de dompteur. Le lendemain, la caravane du cirque passerait la frontière suisse pour gagner le lieu de la transaction du professeur Horace Croquet avec un représentant d'une puissance étrangère. Peu lui importait de savoir quel pays achèterait le savant. D'ailleurs, ce dernier refuserait sans doute de travailler pour lui.

En revanche, il n'ignorait pas que son chef comptait aussi vendre les plans du canon, mais à condition de pouvoir les trouver. Au cas où les Tarentules s'empareraient des documents, le Munichois se faisait fort de convaincre son patron de ne pas les céder à n'importe quel État. Il ne voulait pas que l'Union soviétique, l'Angleterre ou les États-Unis entre en leur possession. L'Italie fasciste avait ses sympathies, mais elle était militairement trop faible pour en faire un usage décisif en cas de conflit. Le Japon correspondait mieux à son goût, bien qu'il n'aimât pas la « race jaune », disait-il.

Persuadé que les nazis prendraient bientôt le pouvoir en Allemagne, il espérait influencer son chef pour qu'il cède les plans à Otto Bluttwangman, un milliardaire autrichien qui admirait Adolph Hitler et lui octroyait d'importantes sommes d'argent pour ses campagnes électorales.

Marco approcha de lui.

— Un journaliste souhaite faire un entretien avec toi.

— Tu es fou…

Le directeur du cirque lui tendit un quotidien français.

— Non, c'est toi qui es trop bon dompteur. Un correspondant de *Paris Soir Monde* a assisté à la représentation de Verviers. Tu l'as enthousiasmé. C'est paru avant-hier en page 4. Avec ton portrait… Un beau dessin.

Ludwig ouvrit le journal et grinça des dents.

— Je n'aime pas ça…

La moustache empêchait de le reconnaître, mais le reporter comparait son style à celui de Franz Blumeweiss et, justement, avant d'appartenir à la bande des Tarentules, le Munichois se produisait sur la piste sous son véritable nom de Franz Blumeweiss. Il réfléchit à la situation. Ne pas présenter son numéro ce soir attirerait davantage les soupçons. Il valait mieux rencontrer l'homme de la presse et lui dire qu'il partait pour les Indes le lendemain dans l'intention d'acheter de nouveaux tigres. Pour le reste, Il connaissait tout de la carrière de Vladimir Miskovic dont il avait usurpé l'identité après l'avoir supprimé. Ce serait donc facile de berner le journaliste en lui racontant les exploits du mort.

Il lissa sa fausse moustache en souriant au directeur du cirque.

— Va dire à ce reporter que j'accepte l'entretien.

Quelques minutes plus tard, le Munichois rencontrait Karl Eisner.

— Avez-vous connu Franz Blumeweiss ? demanda d'abord le journaliste.

— Oui, il y a longtemps. Bien avant sa disparition. C'était un vrai génie. Les fauves lui obéissaient avec crainte.

— Le pensez-vous coupable du meurtre dont on l'a accusé ?

Ludwig feignit mal se souvenir de cette affaire.

— Une histoire de prêteur sur gages, je crois…

— C'est exact. Ce grand dompteur aurait torturé, puis égorgé un riche juif dans son officine derrière la cathédrale de Cologne. Des témoins ont affirmé l'avoir vu sortir de chez la victime avec du sang sur les mains… Mais il s'est ensuite volatilisé dans la nature.

Le Munichois alluma une cigarette de tabac turc.

— Chaque homme a ses enfers… Vous avez d'autres questions ?

— Mon collègue français estime que votre style est très proche du sien.

— Tous ceux qui ont approché Franz ont subi son influence. Moi, comme les autres. C'est normal.

— Mais vous lui ressemblez physiquement.

Von Strongberg demeura impassible.

— Je ne trouve pas…

Son interlocuteur baissa la voix.

— Sauf la balafre… Mais en vous voyant de tout près, Vladimir Miskovic, il me semble que vous avez une cicatrice à la joue, comme lui… Elle est bien maquillée, mais légèrement visible. Moi, je pense que Blumeweiss n'aimerait pas beaucoup qu'on le retrouve. Il serait certainement prêt à tout faire pour l'empêcher, n'est-ce pas ?

Ludwig caressa le serpent enfoui dans sa poche.

— À sa place, je n'hésiterai pas.

— Combien serait-il disposé à payer pour conserver sa tranquillité sous une autre identité ? La vôtre, par exemple...

— Vous êtes journaliste ou maître-chanteur ?

Eisner afficha un grand sourire.

— L'un n'empêche pas l'autre.

Le Munichois regretta que l'entretien ait lieu en plein air, avec beaucoup de monde autour d'eux.

— Je pense qu'il se montrerait très généreux, dit-il alors. Mais la discrétion s'imposerait...

— Bien entendu, répondit le reporter.

— Rejoignez-moi à la ménagerie dans un quart d'heure.

Son interlocuteur s'empressa d'accepter.

Von Strongberg se dirigea vers Marco et l'informa de la situation.

— Jusqu'ici, le chef et toi, vous étiez les seuls à connaître mon vrai nom.

— Tu n'as pas le choix, reconnut le chef de la troupe. Espérons que ce crétin ne travaille pas avec des complices...

— Je connais ce genre d'individus... Ils sont trop rapaces pour partager avec qui que ce soit...

Il entra dans la ménagerie et attendit Eisner.

❧

Le journaliste arriva et sortit un Browning de sa poche.

— Je suis de nature prudente...

Ludwig le désarma d'un coup de fouet, puis lui enroula la lanière autour du cou et serra. Le maître-chanteur s'écroula sans vie devant la cage des tigres. Dissimulé derrière un poteau, Marco avait assisté au meurtre.

— Déshabillons cet imbécile, que je brûle ses vêtements, dit-il au Munichois.

Le balafré contempla le cadavre avec indifférence.

— Les fauves auront de la chair fraîche pour leur repas.

Son compagnon sursauta en ouvrant le portefeuille du mort.

— Ce type n'est pas journaliste. Il a une carte d'inspecteur de police.

— La fête doit être cernée, enragea von Strongberg. Je me suis fait avoir comme un débutant.

Il jeta un coup d'œil sur la place et pâlit.

— C'est le commissaire Lohman qui dirige l'opération.

— Ton portrait dessiné dans le journal l'a mis sur la piste !

— Ses hommes investissent notre chapiteau.

Marco regarda dehors à son tour.

— Nous n'avons plus qu'à nous faire sauter à la grenade.

— Pas moi... Il faut que je conduise Croquet en Suisse.

— Tu as raison, mais comment faire ?

L'Allemand craqua une allumette, mit le feu à la tente et ouvrit les cages des bêtes, qui déferlèrent alors en masse sur la place tandis que les flammes gagnaient le chapiteau relié à la ménagerie. Un vent de panique souffla dans la foule. Des déflagrations éclatèrent un peu partout. Se voyant pris par la police, les membres des Tarentules se suicidaient les uns après les autres.

Profitant de ce désordre, Ludwig courut jusqu'à la roulotte de Croquet, puis grimpa au volant de la voiture à laquelle elle était accrochée. Il vit alors Marco foncer en direction du commissaire Lohman et se faire éclater le visage et les mains à dix mètres de lui. L'horreur de ce geste pétrifia les forces de police pendant quelques secondes.

Le Munichois en profita pour démarrer.

Son véhicule traversa les baraques incendiées.

Personne ne put se lancer à sa poursuite.

— Vous pourriez tout de même aller moins vite, lui cria le savant par la fenêtre de la roulotte. Cette vitesse trouble ma digestion.

Von Strongberg lui répondit par un juron bavarois.

32

LA COLÈRE DE BERTRAND HARTMAN

Deux jours plus tôt, le commissaire Cyprien Grenier était sorti de l'hôpital sans avoir complètement repris son teint naturel. L'inspecteur Fred Leconte le conduisit directement à son bureau, où il prit connaissance du cambriolage de la maison du professeur Croquet, ainsi que de la découverte des cadavres de Paul Chevalier et de Jules Ferron dans le jardin des Tuileries. Décontenancé par ces nouvelles, le policier se rendit chez Adrien Destouches et tomba des nues quand ce dernier lui apprit que ses deux collaborateurs travaillaient pour les Tarentules.

Le détective lui fit ensuite le récit de l'opération ratée de la veille.

— Voilà ce qui arrive quand je ne m'occupe pas de tout, grogna Cyprien.

En l'entendant, le jeune Cédric se retint d'éclater de rire.

— C'est juste, ç'aurait pu être pire…

Le commissaire ignora la remarque de l'adolescent.

— Mais pourquoi avoir fait appel à des truands et pas à mes hommes ?

— D'autres espions ont peut-être infiltré vos effectifs.

— Excellent raisonnement… Cependant, je ne vous connaissais pas autant d'intimité avec la pègre. Justement, à propos de voyous, l'inspecteur Leconte m'a signalé le cambriolage de la maison du professeur Horace Croquet. Selon les agents des services secrets, des voleurs cherchaient à dérober les plans du savant. Pas d'informations là-dessus ?

— Aucune, mentit Destouches.

— Ce n'est certainement pas Corentin qui a fait le coup, ricana Cédric.

— Ne me parlez pas de lui ! hurla le commissaire.

— Il n'a pas tué Villaurand, triompha l'adolescent. Tous les journaux ont reconnu son innocence.

Le jeune garçon montra les manchettes à la une des divers quotidiens qui étaient encore sur le bureau.

— Je hais la presse, marmonna le policier.

— Vous avez tort, déclara Adrien en ouvrant *Paris Monde Soir*. Elle vante souvent vos exploits. L'arrestation du tueur d'enfants a fait de vous un héros national et comme ce traître de Paul Chevalier n'est plus de ce monde, je me suis arrangé pour que le mérite du succès de l'opération contre l'égorgeur de femmes rousses vous revienne. C'est en première page : *Encore un exploit étonnant du commissaire Cyprien Grenier*.

Le policier rougit de confusion.

— Sans vous, je ne serais rien…

Destouches feuilleta le quotidien vespéral et se rembrunit en lisant le compte rendu du saccage au Studio 28 par un commando d'extrême droite opposé à *L'Âge d'or*.

— Ces vandales ont lacéré de magnifiques tableaux… C'est honteux.

— Vous parlez des incidents dans un cinéma de Montmartre ? demanda le policier. Au bureau, tout à l'heure, j'ai entendu dire que le préfet envisageait l'interdiction totale de ce film pour raison de troubles sur la voie publique.

Le détective posa le journal sur la table.

— Je peux avoir l'article sur le dompteur ? demanda soudain Cédric.

Adrien déchira la page et la tendit à l'adolescent.

— Ce garçon collectionne tout ce qu'il trouve sur le cirque.

Grenier sursauta en voyant le dessin représentant le dresseur de tigres.

— J'ai déjà vu cette tête quelque part, mais sans moustache… Sur un avis de recherche international, je crois…

— Parce que vous avez de la mémoire ? demanda ironiquement le gamin.

— Jeune homme, il en faut dans la police.

L'adolescent s'éclipsa en pouffant de rire.

— Je vous reconduis, déclara Destouches. J'ai besoin de dormir.

— Un instant, mon ami, sachez que deux individus guettent votre maison. Ils ont des mines patibulaires. Laissez-moi appeler le bureau pour que je place des inspecteurs chez vous afin d'assurer votre sécurité.

— Ne vous donnez donc pas cette peine, Cyprien. Les Tarentules veulent ma peau. Les hommes que vous avez remarqués veillent sur moi.

— Mais ils ont des têtes de truands !

— Quoi de plus normal, puisqu'ils appartiennent à la pègre. Et pourtant, j'ai une entière confiance en eux.

— Adrien, si je ne vous connaissais pas aussi bien, je pourrais penser que vous êtes un voleur, ou quelque chose dans ce genre.

Il quitta Destouches en marmonnant, marcha le long des quais de la Seine, acheta *Paris Monde Soir* à un vendeur de journaux et continua son chemin en examinant le portrait dessiné du dompteur.

～

Le détective passa toute la soirée à étudier les plans du savant et réalisa la force dévastatrice de son invention. Il enferma le document secret dans son coffre-fort en se désolant de la folie des hommes, puis dîna et se coucha pour rattraper les heures de sommeil qui lui manquaient. Dehors, les deux truands veillaient sur lui.

～

Le lendemain matin, Bertrand Hartman lui téléphona pour un rendez-vous discret dans l'église de la Madeleine.

Obéissant aux ordres donnés par Henri le Dandy, Virgile le Surineur et Louis la Terreur suivirent Adrien à distance.

Le chef des services secrets s'en aperçut et s'agenouilla sur un prie-dieu pour ne pas attirer leur attention.

— Vos gardes du corps ne sont pas des enfants de chœur, fit-il remarquer à Destouches, qui s'installait à côté de lui.

— Un peu de religion ne leur fera pas de mal, chuchota le détective.

— Je tenais à vous dire que les plans ont disparu. Les faux… Afin d'attirer l'attention sur eux, j'ai piqué une grosse colère dans le laboratoire du savant et balayé de ma main valide ce qu'il y avait sur la table. En ramassant tous ces papiers, l'espion des Tarentules a cru découvrir le pot aux roses. Ainsi, ce matin, les brouillons n'étaient plus là.

— Vous avez une idée du coupable ?

— Moi, je soupçonne tout le monde. Voici un numéro de téléphone au cas où vous devriez me joindre. Dites « Rocambole », et je vous rappelle de suite. J'aurais une mission pour vous dans quelques jours. Comme appât…

Il sourit, se leva et quitta le lieu saint.

Les anges gardiens d'Adrien veillèrent sur son retour quai Voltaire.

∿

Lulu la Biche l'y attendait.

— Cette nuit, la voie est libre chez Donatien Marchand. Il s'est envolé pour l'Afrique ce midi à cause d'une révolte des indigènes dans sa plantation. Mais ce n'est peut-être pas le moment de visiter sa demeure de Trouville, même si elle est déserte. Amandine de Véramel veut votre mort.

Destouches secoua négativement la tête.

— Il est bon que Corentin fasse à nouveau parler de lui. Sans compter que cela fait des mois que j'attends la possibilité de m'emparer de la fortune de ce colonisateur et dédommager ses victimes. Je…

La sonnerie du téléphone retentit.

Le détective cambrioleur décrocha rapidement le combiné.

Il reconnut la voix de Cyprien Grenier.

— Je suis ravi, Adrien. J'ai enfin résolu une affaire sans vous. Le portrait du dompteur de tigres dans *Paris Monde Soir*, c'est celui de Franz Blumeweiss, un assassin recherché par la police allemande. En gommant sa moustache et en traçant une balafre sur sa joue, la ressemblance est flagrante. Et ce n'est pas tout. J'ai fait des recherches sur son cirque. Il a donné des séances dans des villes où une banque a été dévalisée. Lumineux, non ? Blumeweiss est à la tête d'une bande de malfrats. Je viens de prévenir mon collègue Karl Lohman en Allemagne. Il va les coincer demain. À Stuttgart. Vous ne me félicitez pas pour mon intelligence ?

— Bravo, commissaire… Mais je dois raccrocher.

Il coupa la communication, congédia Lulu la Biche et prévint Cédric qu'un bref voyage le tiendrait hors de Paris pendant vingt-quatre heures et que son départ devait rester secret.

Deux heures plus tard, il empruntait le souterrain menant à Notre-Dame, prenait le temps de se grimer dans le garage, puis choisissait la voiture la plus rapide pour partir à Trouville.

Le cambriolage se déroula sans aucun problème, mais un pneu creva sur le chemin du retour et Destouches ne regagna son domicile parisien qu'à midi.

Cédric l'attendait avec impatience.

— La momie veut vous parler… Enfin, si l'on peut dire ! Ce matin, je lui ai montré ma collection sur le cirque et il a bondi en voyant le portrait dessiné dans le *Paris Monde Soir* d'avant-hier.

Le détective courut jusqu'à la chambre de William Schwarzkopf.

L'homme au visage bandé tenait la page du journal à la main et tendait une note écrite de l'autre.

Adrien y lut :

Cet homme est Ludwig von Strongberg.

Il comprit alors que l'initiative du commissaire Cyprien Grenier mettait la vie du professeur Horace Croquet en danger, mais il ne pouvait pourtant pas l'en avertir sans lui révéler son enrôlement forcé dans les services secrets et la présence de William Schwarzkopf à son domicile. La seule chose à faire était d'avertir immédiatement Bertrand Hartman de la situation.

Destouches revint à son bureau, composa le numéro de téléphone, dit « Rocambole » quand son correspondant décrocha, puis coupa la communication.

On le rappela aussitôt.

— Hartman, le professeur Horace Croquet est en danger de mort. La police allemande doit être en train de s'attaquer à Ludwig von Stronberg à une fête foraine de Stuttgart. Elle ignore avoir affaire aux Tarentules.

Le chef des services secrets l'écouta en silence, puis éclata de colère.

— Si vous n'étiez pas allé à Trouville pour cambrioler une villa, j'aurais pu agir à temps. Oui, je suis au courant de presque tous vos faits et gestes. Mais avec vos cachotteries, nous risquons la catastrophe. Maintenant, restez à côté de l'appareil. Je vous rappelle.

Une demi-heure plus tard, Hartman le sonna.

— Votre crétin de commissaire Grenier est responsable d'un massacre, dit-il avec rage. Quarante Tarentules se sont fait sauter la tête et les mains.

— Et le professeur ?

— Il n'est pas mort.

— Comment pouvez-vous en être sûr ?

— Tous les cadavres portent une araignée tatouée sur le cœur. Et Croquet n'en a pas, que je sache. Il n'est donc pas parmi les victimes. Espérons que von Strongberg a pu s'échapper du carnage pour l'emmener en Suisse. Selon Garth, la transaction est imminente. Si tout va bien, notre gouvernement va récupérer le savant. C'est moi-même qui vais le prendre en charge jusqu'à Paris. Ensuite, vous entrerez en scène pour le rachat des plans. Si Amandine de Véramel ne vous a pas tué avant...

33

L'HÉROÏSME DE CÉDRIC

La mort de Destouches restait une priorité pour Amandine de Véramel.

Après le guet-apens du jardin des Tuileries, l'aventurière avait contacté Hans l'Alsacien qui l'aida à endosser l'identité d'une directrice de galerie d'art jouxtant l'hôtel particulier du détective. Parfaitement grimée, elle y attendait l'occasion d'exécuter son ennemi malgré la présence des deux truands qui le protégeaient nuit et jour. Informé de la situation, son chef perdit patience et lui confia la mission de récupérer les plans du professeur Horace Croquet et de les apporter à Locarno. Contrariée par cet ordre, la jeune femme décida d'en finir avec Adrien avant d'entreprendre le voyage en Suisse. Son terrible désir de vengeance l'incitait à risquer le tout pour le tout.

Auparavant, il lui fallait rencontrer Numéro 12 pour prendre livraison des documents volés rue Fontaine.

Elle se rendit chez un antiquaire du passage Verdeau.

L'agent secret Miland l'y attendait en examinant une boîte à musique.

— Vous ne collectionnez que les pièces du XVIIIe siècle ? lui demanda Amandine.

— Pour leur sonorité, répondit l'agent des Tarentules. L'aventurière baissa la voix.

— Glissez discrètement les documents dans mon sac. Numéro 12 obtempéra, puis s'éloigna pour contempler un automate.

Sa complice acheta un bibelot d'albâtre, puis s'en alla sans réaliser qu'un homme la prenait en filature jusqu'au quai Voltaire.

Une fois devant la Seine, il se mit à flâner sur le quai. Les truands en surveillance remarquèrent son manège.

— Tenons ce type à l'œil, dit Virgile le Surineur à Louis la Terreur. Il a l'air trop normal pour être honnête. Et j'ai l'impression que la bosse dans la poche de son manteau signifie qu'il est armé.

Derrière la vitrine de sa galerie d'art, Amandine remarqua que l'attention des voyous s'était focalisée sur le promeneur et appela Hans au téléphone.

— Envoie un faux taxi à la galerie avec un de nos hommes au volant et va me réserver une couchette pour la Suisse à la gare de Lyon. Je pars aujourd'hui.

Elle raccrocha le combiné, puis sortit sur le trottoir et marcha sans hâte jusqu'à l'hôtel particulier du détective.

Bien trop occupé à épier l'inconnu qui faisait les cent pas sur le quai, les sentinelles de la pègre ne la virent pas pénétrer dans l'immeuble.

En un instant, elle fractura la serrure de la porte menant aux escaliers.

Une lumière rouge clignota aussitôt à l'intérieur des appartements. Le signal alerta Adrien, qui échangea un regard inquiet avec Cédric. L'adolescent voulut tirer les rideaux de fer, mais Destouches arrêta son geste.

— Laissons notre visiteur se jeter dans la gueule du loup.

Armée d'un rasoir, Amandine escaladait prudemment les marches.

— Guidons cette personne jusqu'à nous, murmura le détective en posant un disque sur le gramophone.

L'ouverture du *Don Juan* de Mozart éclata.

L'arrivée de la musique sembla suspecte à la criminelle.

Elle prit une grenade dans son sac.

Au troisième étage, Cédric s'était armé du fusil.

— Ne tire qu'à mon ordre et dans les jambes, chuchota le millionnaire.

L'adolescent approuva d'un signe de tête.

La porte s'entrouvrit.

Une main gantée jeta une grenade dans le salon.

— Attention, cria l'adolescent en protégeant Destouches de son corps.

L'explosion les projeta sur le sol.

Amandine de Véramel pénétra alors dans la pièce enfumée, se rua sur le détective évanoui et brandit le rasoir, mais Cédric entoura de son bras la gorge d'Adrien et la lame lui taillada la chair. Résistant à la douleur, il frappa la meurtrière de toutes ses forces. La jeune femme le blessa cruellement aux mains et ils roulèrent sur le sol en luttant avec violence.

Les hommes de la pègre surgirent dans la pièce.

— Je vais les séparer, dit Louis la Terreur en soulevant l'aventurière.

— Elle a abîmé le gamin, grogna Virgile le Surineur.

Revenu à lui, Destouches se porta au secours de l'adolescent.

— Il saigne beaucoup.

Désarmée, la jeune femme écumait de rage. Sa perruque était tombée. De longs cheveux blonds encadraient son visage en sueur.

Adrien reconnut Amandine.

— Si ce gosse meurt, je vais commettre le premier crime de ma vie.

— Je peux la tuer pour vous, proposa Virgile. J'aime me rendre utile.

— Tout le monde lève les mains ! dit alors une voix derrière eux.

Ils se retournèrent et aperçurent l'homme qui flânait sur les quais.

Il les tenait sous la menace d'un Browning.

— Je savais bien que ce type était dangereux, dit Louis la Terreur.

L'aventurière ne pouvait pas dissimuler sa surprise. Cet homme lui était complètement inconnu. Elle ne comprenait pas qu'il vienne à son secours.

— Partez, lui dit-il.

— J'ai d'abord quelque chose à finir, dit Amandine en ramassant le rasoir.

Son sauveur tira un coup de feu sur la lame qui se brisa.

— Dépêchez-vous avant que la police arrive.

Elle prit son sac et dévala les escaliers.

— Je vous expliquerai tout quand cette femme sera hors de danger, dit l'homme armé à Destouches. Vous pouvez appeler l'hôpital pour le gamin et...

Il s'écroula, car Schwarzkopf venait de l'assommer avec une statuette.

— Cette momie est un ami à vous ? demanda Virgile au détective.

Sans répondre, Adrien se précipita dans l'ascenseur hydraulique et surgit sur le quai Voltaire à l'instant où un taxi démarrait en emportant Amandine.

Furieux, il regagna ses appartements.

Virgile lui désigna la poitrine dénudée de l'inconnu encore inanimé.

— Pas d'araignée.

— Quittez les lieux avant l'arrivée des hommes de Grenier, ordonna Destouches. Avec vos casiers judiciaires, vous seriez bon pour le bagne. Schwarzkopf, remonte dans ta chambre.

Les deux malfrats s'en allèrent.

L'inconnu reprit connaissance et se frotta la tête.

Adrien l'empoigna par le col.

— Qu'est-ce que tout cela signifie ?

L'homme se releva et désigna le téléphone.

— Appelez Hartman et dites-lui que les plans du professeur Horace Croquet sont en route pour la Suisse. C'est cette femme qui les possède, maintenant. L'arrêter aurait empêché l'aboutissement de l'opération en cours.

— Mais elle pouvait me tuer !

— Monsieur Destouches, votre vie est très peu de chose quand il s'agit de l'intérêt national. Téléphonez vite au chef. Il doit bientôt quitter Paris.

— J'alerte d'abord l'hôpital. Cédric perd trop de sang.

— D'accord, je descends m'occuper de la police.

Après avoir demandé une ambulance, le détective s'entretint avec le chef des services secrets.

— Tout cela est bien fâcheux, soupira Hartman. Il va falloir que mon agent s'expose pour lever les doutes d'Amandine de Véramel sur son intervention en sa faveur. C'est embêtant. Dites-lui de me rejoindre à la gare. Je l'emmène avec moi en Suisse dans une heure.

— Vous pourriez faire vos commissions vous-même ! hurla Adrien.

34

L'IMPITOYABLE

Le chef des services secrets tira les rideaux du compartiment et regarda son agent avec compassion.

— Mon cher Curian, tu as fait ce que tu as pu, mais Amandine de Véramel n'est pas née de la dernière pluie. Elle doit se demander pourquoi tu l'as aidée à s'enfuir. Je n'aime pas ça. Nous devons écarter ses soupçons et ça ne va pas être facile.

— Vous avez une idée, patron ?

Le petit moustachu grimaça.

— Oui, mais c'est risqué pour toi.

— Ne vous inquiétez pas. J'ai toujours eu de la chance.

— Alors, voilà. Toute la pègre de Paris sait que cette aventurière a juré de tuer Destouches. Par contre, des truands le protégeaient d'elle. Aussi...

Philippe Curian écouta attentivement son supérieur.

— Je pense que ça peut marcher, dit-il quand l'exposé fut terminé. Il va falloir que je joue serré.

— Tu la trouveras dans le compartiment 5 de la voiture 3.

L'agent secret sortit dans le couloir et attendit que le convoi s'arrête à la première gare pour changer de wagon.

Quand la locomotive redémarra, dans un nuage de vapeur, Amandine de Véramel fut surprise d'entendre frapper à la porte de son *sleeping*.

Elle s'arma de son Luger et ouvrit.

— J'ai réussi à vous suivre, dit Curian en souriant.

La jeune femme blonde le fit entrer, puis referma la porte au verrou.

— Levez les bras, que je vous fouille.

L'homme avait laissé ses papiers dans le compartiment d'Hartman.

Il ne portait qu'un automatique sur lui.

La criminelle l'en délesta.

— Je ne comptais pas m'en servir contre vous, chère madame.

— Ouvrez votre chemise.

— Ma poitrine n'est pas tatouée d'une araignée, hélas.

Elle vérifia son affirmation, puis s'assit en face de lui, alluma une cigarette et le garda sous la menace de son arme.

— Qui êtes-vous ?

— Un individu malhonnête et très ambitieux, mademoiselle de Véramel.

L'aventurière fronça les sourcils en réalisant qu'il l'avait démasquée.

— Vous en savez beaucoup…

L'agent secret eut un rire complice.

— J'ai toujours eu l'intelligence de bien saisir les opportunités. À Pigalle, la rumeur court dans le milieu que vous voulez tuer le millionnaire Destouches. Comme une partie de la pègre le protège, les paris sont ouverts. Beaucoup ont misé sur votre réussite. Moi aussi, car je vis du jeu, mais les cartes ne rapportent pas assez gros à mon goût. C'est le crime qui est lucratif, surtout si l'on appartient à une bande aussi puissante et organisée que les Tarentules. Sauf qu'il n'est pas facile d'y entrer. Un parrainage est nécessaire. Vous me suivez ?

— J'écoute, dit Amandine en le fixant droit dans les yeux.

Curian soutint son regard.

— Je me suis donc promené plusieurs fois devant la demeure de celui que vous vouliez abattre, continua-t-il. Deux voyous notoires en protégeaient les abords, ce qui rendait votre projet difficile à concrétiser. Moi, mon idée était de vous aider, mais j'ignorais comment et vous n'apparaissiez jamais. Même déguisée, je vous aurais reconnue. L'instinct du chasseur…

Elle alluma une seconde cigarette.

— Ensuite ?

D'un geste, il écarta la fumée de son visage.

— J'attendais donc un coup de chance, poursuivit-il. Je suis joueur, ne l'oubliez pas. Et j'ai eu raison d'attendre avec patience. Quand les gars de la pègre ont entendu l'explosion, ils se sont immédiatement précipités à l'intérieur de l'hôtel particulier. Au bout de cinq minutes, j'ai décidé de tenter le coup et suis entré à mon tour dans la maison. Heureusement pour vous. Et pour moi ! Parce que je crois qu'en vous tirant d'affaire j'ai gagné mon ticket d'entrée dans la bande des Tarentules, non ?

— Pourquoi m'avoir empêchée de tuer le millionnaire ?

— La police pouvait arriver d'un moment à l'autre. Le risque était bien trop grand. Je suis d'ailleurs parti juste après vous et j'ai suivi votre taxi dans ma voiture. Et me voilà.

La nuit tombait sur le compartiment encore éteint. Amandine de Véramel examinait son interlocuteur dans la pénombre. Elle hésitait à le croire, mais il l'avait bel et bien sauvée d'une arrestation. Aucun policier de la criminelle, aucun agent des services secrets n'aurait agi ainsi pour infiltrer les Tarentules, car la capturer était l'objectif principal de ses ennemis. Et puis, ce n'était pas la première fois qu'un petit malfrat exprimait le désir d'appartenir à sa bande. Ce joueur n'avait pas beaucoup d'envergure. Sa présence bien visible sur le quai avait détourné l'attention des sentinelles, mais sans l'utilisation de la grenade, il ne se serait même pas rendu compte qu'elle était montée chez le millionnaire. Ce type était un amateur. Il avait eu la chance des débutants.

— Vous tirez bien, mais avez-vous déjà tué quelqu'un ? lui demanda-t-elle.

Curian sentit que l'aventurière doutait de la véracité de son récit.

Plusieurs réponses pouvaient convenir.

Il choisit de jouer les naïfs.

— Pas encore… Mais je suis prêt à le faire.

— En attendant, baissez la vitre pour évacuer la fumée de mes cigarettes.

L'homme alla ouvrir la fenêtre et sentit alors une lame d'acier s'enfoncer dans sa nuque. Un voile rouge

l'aveugla. La voix de la jeune femme parvint lointaine-
ment à ses oreilles.

— Moi, j'ai tué beaucoup de gens, mais je n'ai jamais
fait entrer personne dans la bande des Tarentules.

Ce furent les derniers mots que l'agent secret entendit.

La mort le terrassa.

Amandine de Véramel balança son cadavre sur le
ballast.

35

L'ÉNIGMATIQUE M. GARTH

L'arrière-salle du restaurant Sogni d'Oro de Lugano était occupée par des espions de plusieurs nationalités. Ils se méfiaient tous les uns des autres et préféraient se taire. L'impatience se lisait dans leurs yeux. Chacun espérait remporter l'enchère permettant de prendre possession du professeur Horace Croquet. Certains savaient que leur gouvernement les punirait en cas d'échec.

Le Britannique Terence Gilling se coupait méthodiquement les ongles des mains en affichant une fausse indifférence. Perturbé par les claquements secs des petits ciseaux, Guido Codelli essayait vainement de contrôler ses tics causés par l'anxiété, car il devinait déjà que l'Italie ne sortirait pas victorieuse de cette transaction et pressentait qu'Akira Shindo allait leur damer le pion. Le sourire du Japonais témoignait de son assurance. Vautré sur sa chaise et les pieds posés sur la table, l'Américain John Marshall feuilletait négligemment un *dime novel* relatant les exploits de Billy the Kid, mais sa décontraction n'était pas totale car il s'inquiétait de l'absence du représentant de la France. Debout et immobile dans un coin de la salle, l'espion soviétique Youri Malioff considérait ses homologues avec dégoût. La trêve actuelle l'irritait. En temps normal, tous ces personnages se livraient une guerre sans merci.

~

Guido Codelli perdit soudain patience.

— Combien de temps allons-nous devoir encore attendre ? Il est 23 h 50.

Terence Gilling cessa ses soins de manucure et leva les yeux vers l'Italien.

— Les enchères cessent à minuit, mon cher fasciste. Gardez votre sang-froid. Vous avez les nerfs en pelote. Ce n'est pas bon pour la santé.

— Nous ne sommes que cinq à avoir été convoqués à cette ultime réunion, grogna John Marshall en s'étirant. Cela signifie que l'un de nous va emporter cette affaire. L'Allemagne, l'Argentine, l'Autriche, l'Espagne et la Turquie ne sont déjà plus dans la course.

— Ni la France, ajouta Shindo.

— J'avoue que ça me surprend, dit l'Américain. Il me semblait qu'elle serait en première ligne pour racheter son savant… Qu'en pensez-vous, Malioff ?

Le Russe refusa de répondre et détourna la tête.

— Il n'a pas le droit de nous parler, ironisa le Japonais.

La porte s'ouvrit ; un homme élégant apparut.

— Garth ! s'exclama l'Italien. Vous nous avez fait attendre.

Le nouveau venu passa la main gauche dans sa longue crinière blonde et remonta ses petites lunettes cerclées d'or sur le bout de son nez.

— Mais je ne suis pas en retard. Il ne sera minuit que dans quatre minutes. Montrez-moi vos propositions.

Chacun lui tendit un papier sur lequel un chiffre était écrit.

Il en prit connaissance et déchira deux feuilles en riant.

— Pas de lires ni de roubles… Vous devriez le savoir… des dollars. Mais un peu plus que M. Marshall m'en offre. Nous sommes loin du compte.

Le Russe et l'Italien tendirent un nouveau bout de papier.

L'intermédiaire les consulta.

— Pour l'instant, le Japon est seul à mériter d'être vraiment pris au sérieux s'il fait encore un effort.

Chacun traça un nouveau chiffre.

L'horloge sonna minuit.

Garth se leva et jeta l'ensemble des propositions dans le feu de l'âtre.

— Alors ? demanda Shindo.

— Aucun de vous cinq n'arrive en tête, déclara leur interlocuteur.

— La France a gagné, ricana Gilling.

L'homme aux lunettes cerclées d'or sortit un papier de son gousset.

— Elle l'emporte de loin. Mais ne faites donc pas la tête. La dernière fois, le gouvernement italien a acheté le chimiste polonais Roman Skolimowski. Il y a trois mois, notre cher Shindo a récupéré un ingénieur en barrage magnétique. Rien que cette année, j'ai négocié la libération de cinq espions anglais pour Gilling. Et notre ami américain s'est offert l'astrophysicien Ferenc Jansco.

— Mais l'Union soviétique n'a jamais gagné, protesta Malioff.

— Cela viendra un jour… Et peut-être bientôt. J'ai d'ailleurs une nouvelle affaire intéressante à vous proposer. Il y aura cinq jours d'enchères. Pas une minute de plus.

Les agents secrets tendirent l'oreille.

— Un autre savant a été enlevé par les Tarentules ? demanda Codelli.

— Quelle est sa nationalité ? s'inquiéta Marshall.

— Il y a une grosse mise à prix de départ ? s'enquit le Soviétique.

— Du calme, messieurs ! Nous ne sommes quand même pas dans un souk. Un peu de tenue, s'il vous plaît. Je suis chargé de mettre en vente les plans de l'arme conçue par le professeur Horace Croquet.

— Mais il retourne en France ! s'exclama l'Italien.

— Je suis preneur ! cria le Japonais.

— J'en parlerai à mon gouvernement, dit simplement le Russe.

— Nous ne sommes pas intéressés, déclara le Britannique.

— Pas davantage, grogna Marshall.

— Vous avez été les premiers avertis de l'offre, dit Garth. Je contacterai ceux qui auront le mieux surenchéri pour leur indiquer le lieu de la transaction dans cinq jours.

Il s'en alla en laissant ses interlocuteurs dans une perplexité profonde.

Une Mercedes l'attendait devant le restaurant.

Son chauffeur lui ouvrit la portière.

— Vous pouvez dire à votre père que Croquet est à lui, déclara Garth.

Le fils de Bertrand Hartman mit le contact et l'automobile roula jusqu'aux abords de la ville.

— Quand prendrons-nous livraison de lui ? demanda Éric.

— J'attends des nouvelles à ce sujet, jeune homme. Mais il me semble que cela ne saurait tarder. À propos, prévenez votre père que les Tarentules sont entrées en possession des plans du savant. Qu'il me fasse une proposition pour les racheter avant cinq jours…

— Je transmettrai.

— Parfait. Ma voiture est à cent mètres. Arrêtez-vous.

L'agent secret gara son véhicule.

Le passager en descendit et lui fit signe de partir.

Quand la Mercedes disparut à l'horizon, il se frotta les mains.

— Les affaires marchent.

Un fou rire le plia en deux.

36

LA PHOTO

Les blessures de Cédric ne mettaient pas sa vie en danger ; il n'avait donc pas été nécessaire de l'hospitaliser.

Momentanément installée dans l'hôtel particulier du quai Voltaire, Lulu la Biche veillait sur lui et s'occupait aussi de nourrir William Schwarzkopf.

Enfermé dans son bureau, Adrien ne décolérait pas. Les décisions du chef des services secrets français l'ulcéraient. Bertrand Hartman ne laissait rien au hasard. Destouches l'avait compris quand il lui avait reproché son expédition à Trouville chez Donatien Marchand, alors que le cambriolage n'avait pas encore été découvert par la police. Se sachant sous sa surveillance, le détective ne pouvait plus qu'attendre ses ordres pour servir d'appât.

Le commissaire Grenier lui avait rendu visite quelques heures plus tôt.

— Grâce à moi, des dizaines de Tarentules ont quitté ce monde ! Mais mon collègue Karl Lohman semble mécontent de notre action d'éclat. Je crois qu'il ne veut pas partager son succès de Stuttgart avec moi. Quel ingrat !

— C'est humain, Cyprien.

— Il y a beaucoup plus grave. Le préfet m'a retiré l'affaire Horace Croquet sous prétexte que les services secrets s'en occupent. J'ai aussi l'interdiction d'enquêter sur votre agression ici même pendant l'après-midi.

— Et la presse n'est pas autorisée à en parler.

— Cédric a été blessé ?

— Il m'a sauvé la vie, commissaire.

Grenier poussa un soupir.

— Si j'avais été là…

Le détective l'écouta se répandre pendant une bonne heure, promit de l'aider toujours dans l'avenir et le poussa vers la sortie.

À présent, le millionnaire se morfondait dans son fauteuil rouge.

L'horloge marquait 1 heure du matin.

Soudain, son visage s'éclaira. Il quitta la pièce et monta dans la chambre où Lulu la Biche se tenait au chevet de l'adolescent. Elle lui fit signe de ne pas faire de bruit et sortit dans le couloir.

— Ne réveillons pas le petit.

— Tu vas téléphoner à Henri le Dandy et lui dire de venir tout de suite.

La jeune femme s'exécuta sans poser de questions.

~

Vingt minutes plus tard, le baron de la pègre gara sa Citroën sur le quai et pénétra dans l'hôtel particulier.

Destouches expliqua ce qu'il attendait de lui.

— Nous sommes de la même taille. Échangeons nos vêtements.

Le truand s'amusa de la demande.

— Vous voulez tromper ceux qui vous surveillent ?

— Exactement. Je serai de retour dans une heure ou deux.

— Me laisser seul ici est imprudent. Avec toutes ces belles choses…

— Avant d'être un cambrioleur, vous êtes un gentleman. Je sais que vous ne toucherez à rien, Henri.

— Ce n'est pourtant pas l'envie qui m'en manque, signala le malfrat.

Adrien endossa les habits de son interlocuteur, prit une trousse de cuir noir dans un tiroir du secrétaire, quitta la maison d'un air naturel, monta dans la voiture du baron de la pègre et démarra en direction de la Madeleine, en espérant que sa ruse avait trompé les agents secrets qui le surveillaient.

⌇

Les abords du square Louis-XVI étaient déserts.

Le millionnaire gara le véhicule devant la porte de service de l'immeuble de Bertrand Hartman, enfila des gants blancs, couvrit ses chaussures d'une semelle de caoutchouc lisse et sortit la trousse de cuir noir de sa poche avec émotion. Elle avait appartenu à son oncle Jules Vilar et contenait des outils permettant de fracturer les portes. Corentin n'en avait jamais fait usage, mais Destouches s'en était servi dans sa jeunesse et savait n'avoir pas perdu la main.

La serrure ne lui résista pas. Il se retrouva dans l'appartement du chef des services secrets. Repérer la place du coffre-fort lui fut facile. Il contenait des liasses de billets en monnaie de plusieurs pays, un pistolet automatique, des passeports d'identité différente, de fausses dents remplies de cyanure et une impressionnante quantité de clés, mais aucun dossier. Une enveloppe scellée portait la mention de testament. Rien d'autre.

Adrien s'en désintéressa. Il fouilla les tiroirs du bureau et découvrit quatre cahiers dont les pages étaient couvertes de chiffres et d'idéogrammes. Percer le secret de ce code demanderait des heures de recherches.

Le détective les laissa donc en place et explora toutes les autres pièces sans bien savoir ce qu'il y cherchait.

La chambre était entièrement tapissée de photographies. Sur le mur de gauche, on pouvait voir Bertrand Hartman qui posait avec des personnalités politiques : le président de la république Gaston Doumergue, les présidents du conseil Raymond Poincaré et Aristide Briand, des ministres et des députés. Une autre série se rapportait à son enfance. Une jolie femme portant un bébé dans les bras. Un gamin jouant au cerceau dans un grand parc, bâtissant un château de sable sur la plage, montant un poney à la campagne ou tenant un missel en costume de premier communiant. Le chef des services secrets affichait ainsi sa vie dans la pièce la plus privée de son appartement.

Sur le mur de droite, la chronologie continuait. Déjà moustachu, il souriait au milieu d'un groupe d'étudiants alignés devant la Sorbonne, disputait une partie de tennis, conduisait une voiture de courses et faisait du cheval au Bois en arborant un large sourire, puis se tenait en uniforme militaire sur le quai de la gare de l'Est. On le voyait ensuite avec ses compagnons de tranchée.

C'est alors que le détective pâlit.

Une des photographies prises au front le montrait entourant du bras les épaules du poilu Jules Vilar, l'oncle cambrioleur d'Adrien Destouches.

37

FIN DE PÉRIPLE

À cinq kilomètres de Stuttgart, Ludwig von Strong-berg avait abandonné la voiture et la roulotte marquées du sigle du cirque Marco di Venezia, puis il avait ligoté et bâillonné le professeur Horace Croquet avant de se cacher derrière un arbre pour guetter, arme à la main, la route qui menait au Danube. Au bout de dix minutes d'attente, il aperçut une camionnette qui avançait lentement dans sa direction et se plaça devant elle en pointant son automatique. Affolé par l'apparition d'un individu en costume de dompteur, le conducteur freina et arrêta son véhicule. Le Munichois l'en fit descendre. Il lui prit alors sa veste puis l'entraîna sur le bord de la route, l'abattit d'une balle en pleine tête et jeta ensuite son corps dans le fossé.

Le savant frémit en entendant la détonation.

L'Allemand vint alors lui délier les jambes et l'obligea à grimper à l'arrière du véhicule, qui contenait des cochons.

Il le regarda en riant.

— Maintenant, votre voyage sera moins confortable.

Ils gagnèrent Ulm dans cet équipage.

~✕

L'albinos Bruno Munster y dirigeait une compagnie de fret fluvial. Comme lui, tous ses employés appartenaient à la bande des Tarentules. Ludwig gara son véhicule le long de l'embarcadère et klaxonna selon un signal codé. Son complice accourut.

Il ouvrit des yeux ronds en reconnaissant le Munichois.

— Si je m'attendais à te voir…

Le balafré alluma sa dernière cigarette de tabac turc.

— J'ai besoin de passer en Suisse avec un colis encombrant.

— Vivant ou mort, le colis ?

— Vivant… Il est derrière avec les cochons. Cache la camionnette dans un dépôt. Je dois téléphoner… mais sans témoins.

Il sauta de la cabine et entra dans le bureau de Munster, qui en chassa ses hommes. Resté seul, le Munichois appela le Grand Hôtel à Locarno et attendit une heure avant d'obtenir la communication. Le concierge lui dit alors que le sultan de Bokarour n'était pas dans sa suite. Contrarié de ne pas pouvoir parler au chef, Ludwig von Strongberg raccrocha violemment le combiné, puis composa un numéro à Munich. Dix minutes plus tard, il s'entretenait avec Magdalena, la veuve de Düsseldorf.

— Soyez chez Ajax dans trois heures, dit-elle.

Soulagé, le balafré sortit dans la cour et regarda le Danube.

— Quels sont tes ordres ? demanda l'albinos en s'approchant de lui.

— Trouve quelqu'un pour nous conduire au lac de Constance.

— Je suis volontaire. Viens…

Il l'emmena sous un hangar abritant une La Salle 1929.

— Elle est rapide ? demanda Ludwig.

— Je lui ai mis un moteur de course et ton colis peut facilement tenir sous la banquette arrière. Tes nouveaux vêtements sont avec la camionnette. Va te changer pendant que je fais le plein.

~~

Trois heures plus tard, ils se garèrent devant une maison bourgeoise.

Bruno Munster klaxonna selon le code des Tarentules.

Un gros homme sortit de la demeure et monta dans la voiture.

— Mon zinc est à dix minutes d'ici, mais j'espère que vous avez l'estomac solide. Survoler verticalement la Suisse, ça secoue. Magdalena m'a parlé de deux passagers. C'est bien ça ?

— Oui, et nous allons à côté de Lugano.

— Alors, en route.

Le professeur Croquet jeta des regards affolés quand von Strongberg le hissa dans l'avion.

Il s'évanouit pendant le décollage, mais revint à lui en cours de vol et resta crispé de peur jusqu'à l'atterrissage.

Le Munichois lui enleva alors son bâillon.

— Vous avez faim ?

La question donna la nausée au savant.

Ils descendirent de l'engin et s'installèrent dans une cabane de chasse.

— Il n'y a plus qu'à attendre, dit le gros pilote en allumant un cigare.

— Ne fumez pas, implora Croquet. Je vais être malade.

Ajax lui souffla la fumée au visage.

— Vous êtes très mal élevé ! hurla le savant.

Ludwig lui remit le bâillon sur la bouche.

— Je vais bientôt pouvoir me passer de votre compagnie, professeur. Ce sera un gros soulagement de ne plus vous entendre.

Un peu plus tard, un pigeon se posa sur le rebord de la fenêtre.

Le Munichois le prit avec douceur, délia le message accroché à sa patte et le lut à haute voix.

— 22 heures. Piazza Grande. Locarno.

— Parfait, dit Ajax en riant. On a le temps de se taper un gueuleton.

La verdeur soudaine du visage du savant augmenta son hilarité.

Le balafré nota l'endroit où il se trouvait sur une petite feuille de papier, puis l'attacha au pigeon et renvoya l'oiseau à son expéditeur.

À la nuit tombée, Garth arriva au volant d'une Austin à deux places.

— Je prends le professeur en charge, dit-il. Maintenant, vous pouvez repartir avec l'avion.

Von Strongberg secoua négativement la tête.

— J'ai à faire en Suisse.

L'intermédiaire haussa les épaules.

— Alors, attendez ici. Je viendrais vous rechercher après la transaction.

— Le chef ne sera pas content…

— Ce n'est pas mon chef. Moi, je n'obéis à personne, mais tout le monde a besoin de moi.

Il fut pris d'un fou rire.

~

Sur la Piazza Grande, Bertrand Hartman regardait son fils avec calme. Il l'admirait pour son courage et sa loyauté, mais son amour profond pour lui ne l'empêchait pas de l'exposer à tous les dangers. Les morts dans son service étaient nombreuses. En ne voyant pas son agent Curian descendre du train à la gare, le moustachu avait compris qu'Amandine l'avait éliminé. Il espéra qu'elle avait cru à ses mensonges avant de le tuer. À présent, l'aventurière allait remettre les faux plans du canon à un de ses supérieurs. Tout se passait exactement selon ses calculs. Sur ce point, il était satisfait. Lorsque Éric l'avait accueilli sur le quai, il fut également très content de s'entendre confirmer que le gouvernement français avait remporté l'enchère. Le savant rentrerait donc en France avec lui.

Garth faisait toujours bien les choses et ce qui allait suivre n'était plus que routine. Juste avant l'arrivée du train venant de Paris, il avait prévenu le fils d'Hartman du lieu de la transaction. Dans quelques minutes, l'argent de la rançon serait versé. Cependant, la lutte contre les

Tarentules n'était pas finie. Le chef des services secrets comptait bientôt frapper un grand coup.

À 22 heures pile, l'intermédiaire et le professeur arrivèrent sur la place. Croquet semblait en piteux état. Son costume était maculé d'immondices.

— Qui m'achète ? grogna-t-il en regardant le moustachu.

— Gouvernement français, dit Hartman pendant que son fils tendait une mallette bourrée de dollars à l'intermédiaire.

Garth s'en empara et sourit.

— Avec vous, je ne vérifie pas.

Il fit alors signe à son interlocuteur de s'éloigner avec lui du savant.

— Mes clients possèdent les plans de son arme. Vous avez quatre jours et deux heures avant la fin des enchères.

L'homme à la crinière blonde regagna son Austin.

— J'ai faim, râla soudain Croquet.

— Allons manger une saucisse quelque part, proposa le chef des services secrets français.

— Pas de cochon ! hurla le professeur. Surtout, plus jamais de cochon !

— Nous pouvons partir tout de suite, proposa Éric. Mon avion est prêt à décoller.

— Un aéroplane… gémit Croquet.

Et il perdit connaissance.

38

L'INVRAISEMBLABLE VÉRITÉ

Ludwig von Strongberg entendit le moteur de l'Austin.

Il sortit alors de la cabane de chasse et mit une main devant ses yeux pour ne pas être ébloui par la lumière des phares.

Garth ouvrit la portière de la voiture et lui fit signe de monter.

— Votre exhibition en costume de dompteur était une faute grave, dit-il au Munichois. Si le commissaire Karl Lohman avait libéré Croquet, votre bande et moi aurions perdu beaucoup d'argent.

— Je n'ai aucun compte à vous rendre, répondit sèchement le balafré. Seul mon chef jugera de mes actes. Pour l'instant, conduisez-moi à Locarno.

— Pas avant d'avoir remis la rançon au trésorier et touché mes 10 %.

L'intermédiaire démarra sans dire un mot de plus, roula jusqu'à Lugano, se gara en face du Sogni d'Oro, prit la mallette et quitta la voiture.

— J'en ai pour cinq minutes, monsieur von Stronberg. Il y a au-dessus du tableau de bord de quoi fumer. Votre marque préférée…

L'Allemand alluma fébrilement une cigarette de tabac turc, tandis que son interlocuteur pénétrait dans le bar de nuit.

La nicotine lui calma les nerfs.

Il caressa tendrement la tête du serpent enfoui dans sa poche.

— Tôt ou tard, tu me débarrasseras de ce blondinet, marmonna-t-il.

Garth revint bientôt sans la mallette.

— Amandine de Véramel m'attend à Locarno avec les plans du professeur Croquet afin que j'en négocie la vente. En ce moment, les affaires marchent, pour les Tarentules…

Le Munichois passa la main sur son visage noir de barbe.

— Je ne tiens pas à voir cette intrigante. Vous me déposerez à la gare.

Ils roulèrent en silence.

⌁

Pendant ce temps, déguisée en duchesse Nataviana, l'aventurière buvait un cocktail au bar du Grand Hôtel. Elle était furieuse de n'avoir pas été reçue par Sigismond Adler, car le sultan de Boukarour avait donné l'ordre qu'on ne le dérange pas. Faisant fi de la consigne, la jeune femme était montée jusqu'à sa suite, mais l'Africain Lothar l'avait refoulée devant la porte. Amandine loua donc une chambre au même étage et attendit que Garth vienne y chercher les documents, mais le recours à cet intermédiaire lui déplaisait.

Connaissant les représentants des Tarentules dans toutes les villes du monde, cet homme vénal représentait un danger potentiel à ses yeux. Comme elle s'en était ouverte à Sigismond Adler, ce dernier lui avait affirmé que ses craintes n'étaient pas fondées. Il répondait de ce mystérieux individu comme de lui-même.

Elle vida son verre et prit l'ascenseur.

Le colosse noir en peau de panthère gardait toujours la suite du sultan.

Son immobilité était impressionnante.

La jeune femme alla dans sa chambre et ressassa l'échec du quai Voltaire. Destouches avait encore échappé à sa vengeance. Sans l'intervention d'un imbécile, le millionnaire serait maintenant égorgé. Elle n'était pas certaine que l'homme jeté du train n'était qu'un voyou cherchant à intégrer la bande des Tarentules. Le tuer s'imposait, par prudence.

Trois coups discrets furent frappés à la porte, puis quatre autres.

Amandine de Véramel alla ouvrir.

Garth remonta ses lunettes sur son nez en souriant.

— Ravi de vous revoir, chère amie. Notre dernière rencontre date déjà de six mois. À Bucarest... Vous êtes toujours aussi forte pour les grimages, mais cette voilette cache vos jolis yeux. Quel dommage.

L'aventurière lui tendit les plans de Croquet.

— Cessez de faire le joli cœur et partez.

— Dormez du sommeil du juste, ironisa l'intermédiaire.

Elle referma la porte avec un soupir d'agacement.

Garth avança dans le couloir et entra rapidement dans la chambre voisine de la suite du sultan de Boukarour. Un fou rire silencieux le secoua pendant qu'il arrachait sa perruque blonde et ôtait ses petites lunettes cerclées d'or. Il se mit en maillot de corps, démaquilla son visage, enleva ses fausses dents et retira le coton qui épatait son nez, puis se passa une teinture foncée sur la figure, noircit le tour de ses yeux, colla une barbe noire sur son menton et s'habilla en hindou.

Une fois coiffé du turban, Garth était devenu le sultan de Boukarour.

Il ouvrit la porte de communication avec la suite voisine, sonna Lothar, lui fit quelques signes de la main, puis téléphona au concierge du Grand Hôtel, demandant qu'on lui passe dorénavant toutes les communications et l'informe des visiteurs qui solliciteraient une audience malgré la nuit.

— M. von Strongberg est à la réception, bafouilla l'employé.

— Qu'il monte. La duchesse Nataviana est-elle arrivée ? Dites-lui de venir à ma suite dans dix minutes.

Il raccrocha et rangea les plans de Croquet dans un tiroir.

Le colosse africain fit entrer Ludwig, qui l'ignora avec mépris.

Sigismond Adler le toisa du regard.

— Tu oses venir ici quand toutes les polices te recherchent ! Heureusement que j'abandonne cette identité demain. Marco et ses hommes ont été obligés de se suicider parce que tu as joué au dompteur !

Le balafré avala difficilement sa salive.

— J'ai quand même amené Croquet à Garth.

— C'était la moindre des choses. Il a pu effectuer la transaction. Comme toujours… Cet homme ne commet jamais d'erreur. Je lui fais confiance pour me vendre les plans du savant au meilleur enchérisseur.

— Je pense qu'Otto Bluttwangman serait intéressé.

Le chef des Tarentules haussa les épaules.

— Le plus généreux l'emportera…

— Garth pourrait choisir sur d'autres critères, murmura le Munichois.

— Tu ne l'aimes pas.

— C'est un homme arrogant et sans idéal.

— Moi non plus, je n'ai pas d'idéal. Et tu devrais faire attention. Ta sympathie pour les fascistes et les nazis t'aveugle. Dans ma bande, pas de politique !

Trois coups discrets furent frappés à la porte, puis quatre autres.

— Tu attends quelqu'un ? demanda Ludwig avec surprise.

— Amandine de Véramel. Va dans la salle de bains pour qu'elle ne sache pas que tu es en rapport direct avec moi.

L'Allemand obéit, puis son chef alla ouvrir la porte.

— J'ai donné les plans à Garth, dit la jeune femme en entrant.

— Cette mission a retardé votre vengeance, chère amie. Il paraît que vous avez aussi échoué dans l'exécution de Maxime Amalric. Votre témérité n'est pas une bonne chose. Je serais très triste de vous perdre. La France a payé pour récupérer son savant. Oubliez donc M. Destouches. Tôt ou tard, il se mêlera à nouveau de nos affaires et vous pourrez alors l'abattre comme un chien. Pour l'instant, vous couvrirez Garth dans la vente des plans du canon. Les agents secrets de tous les pays du monde vont tenter de les récupérer par la ruse et la force. Ils ne pouvaient pas en faire autant avec le professeur Croquet, de risque que cet éminent chercheur soit tué dans la bagarre. Je vais à Paris demain. En cas de grande nécessité, vous me trouverez à l'atelier de Montparnasse. Je redeviens le peintre Calisto. Maintenant, prenez un peu de repos. Garth viendra vous chercher au matin.

Il la raccompagna à la porte.

Quand elle fut partie, Ludwig réapparut.

— Et moi, que dois-je faire ?

— Changer de nom et de visage. Je vais te faire passer en France. Hans l'Alsacien t'amènera chez le Dr Scalpel pour qu'il te transforme la figure. Mais c'est toi qui va payer l'opération. Je retiendrai la somme sur la part qui te revient pour l'enlèvement de Croquet. Va à cette adresse. Ajax y viendra demain matin et s'occupera de ton voyage.

Quand il fut seul, le chef des Tarentules s'adressa par signe à Lothar pour lui signifier de préparer les bagages, puis il compulsa les plans du savant.

— Je n'y comprends absolument rien, s'esclaffa-t-il au bout de quelques pages, avant d'être pris d'un long et immense fou rire.

39

Le grand bluff

Les premiers froids d'hiver engourdissaient le peuple de Paris. La fumée s'échappait des cheminées. Peu de promeneurs arpentaient les berges de la Seine. La ville tournait au ralenti. Assis dans son bureau, le millionnaire Adrien Destouches écoutait le monologue amer du commissaire Cyprien Grenier.

— Corentin a opéré un cambriolage à Trouville. C'est le fondé de pouvoir de Donatien Marchand qui a découvert sa signature quand il s'est rendu dans la villa de son patron pour y chercher un dossier concernant une concession africaine. Mon collègue Guéret suit l'affaire en Normandie. Je lui souhaite bien du courage. Mais savez-vous que le professeur Croquet est rentré à Paris, il y a deux jours ? Le gouvernement a sans doute payé sa rançon. Si l'affaire ne m'avait pas été retirée, moi, je l'aurais délivré sans que ça coûte un centime à la République. C'est encore un coup bas des services secrets. Maintenant, je suis venu vous voir pour tout autre chose. Il y a un monstre qui sévit dans la capitale. Déjà deux victimes en trois jours… Des clochards… Il les tue et leur coupe la main droite pour l'emporter. Si vous pouviez m'aider, je…

La sonnerie du téléphone retentit.

Le détective décrocha l'appareil.

Il reconnut la voix de Bertrand Hartman.

— Je vous attends vers midi à La Coupole. Nous déjeunerons.

— Votre assassin a-t-il commis ses forfaits le jour ou la nuit ? demanda Adrien au policier après avoir coupé la communication.

— La nuit, répondit le commissaire. Le premier cadavre a été trouvé du côté de la Bastille. Nous avons découvert le second porte de Vanves.

— Je vais voir ce que je peux faire.

— Merci d'avance, dit Grenier.

Destouches le reconduisit dehors, puis monta dans la chambre de Cédric.

L'adolescent dormait.

William Schwarzkopf veillait sur son sommeil.

— Il faut que je m'absente, lui dit tout bas le millionnaire en allemand.

L'homme au visage bandé cligna des yeux en guise d'approbation.

— Tu n'ouvres à personne, ajouta le détective.

Il quitta l'hôtel particulier, monta dans la Rickenbacker de Maxime Amalric et roula vers Montparnasse. La contrariété se lisait sur son visage. Depuis sa visite au domicile de Bernard Hartman, ses pensées étaient confuses.

Le chef des services secrets avait connu son oncle Jules Vilar dans les tranchées. Sur la photographie, les deux hommes semblaient même très amis. Le cambrioleur avait-il parlé de son neveu et de leurs activités malhonnêtes ? Cela paraissait peu probable. Un délinquant ne se livre pas à un étranger, fut-il son compagnon d'armes. Et pourtant, le petit moustachu connaissait la double identité de Destouches ; mais au lieu d'expliquer ce mystère, l'image prise au front l'épaississait et Adrien hésitait à informer Hartman de sa découverte.

Un autre événement bizarre était survenu. La veille, les mendiants placés en surveillance devant la maison du Dr Scalpel avaient vu Hans l'Alsacien y entrer en compagnie d'un homme au visage entièrement dissimulé sous un chapeau et une large écharpe. Le membre de la bande des Tarentules en était ressorti seul au bout de dix minutes, mais l'autre individu n'avait toujours pas quitté l'antre du chirurgien des bas-fonds.

Le détective se gara rue Delambre, donna la pièce à Casimir les Bretelles qui ouvrait sa portière et lui confia mission de prévenir Lulu la Biche qu'elle devait organiser la recherche pour repérer l'assassin des clochards.

L'horloge d'une église sonna la demie de 11 heures.

Il flâna dans le quartier avant de se rendre à La Coupole.

Une main se posa sur son épaule.

— Mon ami millionnaire va bien ? demanda le poète Robert Desnos. Vous avez vu que le gouvernement va interdire *L'Âge d'or* ? C'est une honte ! Je suis fâché avec le groupe surréaliste, mais l'injustice faite à Buñuel et Dalí me révulse. Allons boire un verre.

— Je ne peux pas. J'ai rendez-vous pour déjeuner.

Son interlocuteur lui désigna une vitrine de marchand d'art.

— Les imposteurs sont légion, Adrien. Regardez ces tableaux de Calisto. Des serpents géants qui se dévorent les uns les autres dans le désert, des loups attaquant un aérodrome et des araignées tissant leur toile sur une locomotive en marche. Ce ne sont que de mauvaises imitations des illustrations que des inconnus géniaux ont faites pour les romans populaires. Ce peintre vend sa camelote aux snobs. Aucune imagination. C'est un escroc, ce type…

Destouches écouta les diatribes du poète jusqu'à midi, puis le salua, entra à La Coupole, s'installa dans le fond de la salle et, quelques minutes plus tard, Bertrand Hartman le rejoignit, visiblement de mauvaise humeur.

— Décidemment, le professeur Croquet est un être impossible, dit-il dans sa moustache. Je lui ai rendu ses plans pour qu'il termine son invention et il m'a soutenu que ce n'étaient que des brouillons sans valeur et qu'on lui avait dérobé les vrais.

— C'est exact, déclara Adrien. Je les ai dans mon coffre-fort.

Son interlocuteur le regarda avec stupéfaction.

— Pour quoi faire ?

— Les détruire, sans doute… Ce canon est une arme inhumaine.

— C'est étrange que vous me disiez ça… Je comptais justement…

Il se tut parce qu'on leur apportait la carte.

— En quoi dois-je servir d'appât ? demanda le détective quand le serveur repartit avec la commande.

— Sans vous en rendre compte, vous venez de le dire. Destouches n'y comprenait rien.

— Expliquez-vous.

— C'est une idée que j'ai soufflée à Garth, l'intermédiaire. Faire surenchérir de riches pacifistes contre les gouvernements pour le rachat des plans que le chef des Tarentules a récupérés. Mon idée l'a enchanté. Plusieurs millionnaires ont été contactés. Et c'est vous qui allez faire la meilleure offre.

— Mais les plans sont des faux !

— Nous sommes les seuls à le savoir. Croquet va paniquer en croyant que ce sont les vrais qui sont en vente. Je pourrai donc faire pression sur lui afin qu'il reprenne ses recherches. Par ailleurs, quand vous aurez acheté les faux, tous les espions du monde s'exposeront pour vous empêcher de les détruire et ils se jetteront alors dans les filets que j'aurais tendus. Cela me permettra de les prendre pour les échanger contre mes agents emprisonnés à l'étranger.

— Et moi, je serai ruiné, ou c'est le gouvernement français qui paiera pour la transaction ?

— Ni l'un ni l'autre.

Le détective lui jeta un regard interrogateur.

— Je ne vous suis pas.

— Connaissez-vous le comte Aimé de Telsian ?

— Oui, c'est un milliardaire qui finance les ligues d'extrême droite.

— Il fait partie des enchérisseurs qui ont contacté Garth, sans doute pour livrer ensuite les plans du canon révolutionnaire à un groupe de factieux dont il est proche. La somme qu'il a proposée est dans le coffre de sa maison à Chantilly. Et cette nuit, Corentin va le dévaliser. Cette mission est difficile parce qu'Aimé de Telsian sera chez lui pendant le cambriolage.

Adrien comprit qu'aucune protestation n'était possible et vida son sac.

— Hartman, je me suis introduit dans votre appartement. J'y ai découvert que vous avez connu mon oncle Jules Vilar dans les tranchées…

— Et il m'a demandé de veiller sur vous s'il venait à mourir, continua le chef des services secrets sans se décontenancer. C'est donc ce que j'ai fait. Tant que vous cambrioliez des crapules et aidiez cet imbécile de Grenier dans ses enquêtes, vos activités m'étaient sympathiques. Je n'avais même pas besoin de vous couvrir. Mais lorsque le destin vous a confronté aux Tarentules, il m'a paru nécessaire de vous enrôler de force dans mes services.

— Drôle de manière de veiller sur moi.

— Mais c'est un bon moyen de servir mon pays. D'ailleurs, ne prenez pas que les dollars qui s'empilent dans le coffre-fort du comte. Emportez aussi ses documents et signez « Corentin ».

40

Nouvel échec pour Amandine

Un réseau clandestin est bien plus efficace qu'une organisation officielle. Des millionnaires de plusieurs pays s'étaient mis sur les rangs pour acquérir les plans de l'invention du professeur Croquet. Cependant, tous n'étaient pas des pacifistes. D'ailleurs, le redoutable Otto Bluttwangman espérait gagner l'enchère grâce au soutien occulte de son ami Ludwig von Strongberg, mais il s'inquiétait d'être sans nouvelles de lui. Plusieurs nations avaient aussi chargé leurs espions de participer aux enchères afin de connaître la nature de l'arme que le savant français était en train de mettre au point. Elles pourraient ainsi construire un engin capable de la neutraliser.

Dans son atelier de peintre au sixième étage d'un immeuble bourgeois de la rue de la Gaîté, le chef des Tarentules se réjouissait d'une telle agitation. Sous l'identité commode de l'artiste Calisto, il veillait à la bonne marche des diverses activités criminelles de sa bande et envoyait ses ordres par pigeon voyageur mais sous le travestissement de Garth, il réglait chaque détail pour la transaction prévue dans quarante-huit heures. Toutefois, son plaisir était gâché à cause du problème posé par Ludwig von Strongberg qui voulait aider les nazis à prendre le pouvoir. Il le soupçonnait de viser sa place à la tête des Tarentules, une fois qu'Adolf Hitler régnerait sur l'Allemagne. La nécessité de s'en débarrasser s'imposait.

Il avait donc envoyé un message à Amandine de Véramel et l'attendait en peignant un autobus parisien envahi de scorpions.

⤙

L'aventurière arriva rue de la Gaieté au milieu de l'après-midi.

— J'ai une mission à vous confier, lui dit Sigismond Adler. Actuellement, ce cher von Strongberg se trouve chez le Dr Scalpel qui l'a opéré pour lui transformer un peu le visage. Il reste là-bas jusqu'à sa cicatrisation, ce qui me semblait préférable pour qu'il se tienne tranquille, mais je m'en veux d'avoir été trop indulgent avec lui. Ses récentes maladresses ont causé la mort du groupe de Marco di Venezia. Vous allez donc l'exécuter, mais sans laisser de témoins. Prenez garde aux molosses de Scalpel. Ils sont féroces. Sachez aussi que Ludwig ne se sépare jamais d'un serpent venimeux qu'il garde dans sa poche. Inutile de faire usage de grenades. Son identité de von Strongberg a été dévoilée à la police allemande. Arrangez-vous pour que ça ressemble à un règlement de comptes entre le chirurgien et lui.

Amandine de Véramel afficha un sourire de satisfaction.

— Tout sera réglé avant la nuit.

— Surtout, pas de coups de feu. La demeure du docteur est surveillée par des mendiants sans doute indicateurs de police. Maintenant, partez…

— Garth m'a dit que Destouches voulait racheter les plans de l'invention du professeur Croquet, dit-elle avant de prendre congé de son chef.

— Toujours votre soif de vengeance…

— Est-ce que je pourrai le tuer quand les enchères seront terminées ?

— Comment vous l'interdire ? C'est d'accord. Il sera à vous.

~

La jeune femme regagna la maison qu'elle louait à Montrouge, se déguisa en homme, prépara des boulettes de viande empoisonnée, glissa trois rasoirs dans sa ceinture, cacha ses cheveux blonds sous un chapeau de feutre et partit en métro pour Montmartre. Ses inquiétudes à propos de l'homme qui l'avait sauvée au quai Voltaire étaient dissipées, car Numéro 12 continuait son espionnage sans problème. L'individu balancé du train ne pouvait donc pas être un agent secret.

En arrivant à la demeure du chirurgien de la pègre, elle repéra les espions placés dans la rue des Trois-Frères par Lulu la Biche, sonna néanmoins à la porte et attendit que Scalpel vienne lui ouvrir.

Le bossu apparut en compagnie de ses chiens.

— Qu'est-ce que vous me voulez ?

— Je viens de la part de Célimène.

Reconnaissant le mot de passe des Tarentules, il déverrouilla la grille.

Quand ils furent entrés dans le corridor, Scalpel envoya ses deux molosses dans la cuisine et afficha un sourire édenté.

— Votre bande a besoin de mes services ?

— Je dois immédiatement parler à Ludwig, répondit Amandine en laissant discrètement tomber la viande empoisonnée sur le carrelage.

— Vous avez de la chance que je n'aie opéré que son nez et le tour des yeux. Autrement, il ne pourrait pas parler. Allons au salon.

Allongé sur le divan, le Munichois tenait un pistolet automatique à la main.

Le haut de son visage était couvert de pansements.

Il ne reconnut pas Amandine.

— Qui est-ce ?

— Un envoyé des vôtres, déclara le chirurgien de la pègre.

— Mais personne ne devait venir ici. Mes ordres étaient formels.

Scalpel fronça les sourcils et claqua des doigts pour appeler ses bêtes.

Les deux dobermans entrèrent en titubant.

Ils tombèrent sur le flanc.

— Qu'avez-vous fait à mes chéris ? s'écria le chirurgien.

L'aventurière lança un des rasoirs sur la main de Ludwig.

Il lâcha son arme, mais jeta aussitôt son serpent sur son adversaire.

D'un geste vif, la jeune femme sortit le deuxième rasoir, dont la lame acérée trancha la tête du reptile avant qu'il ne l'atteigne, puis égorgea le bossu.

— L'organisation n'a plus besoin de vous, dit-elle à von Strongberg.

L'Allemand identifia la voix.

— Amandine…

Il se jeta par la fenêtre qui donnait dans le jardin.

Sa rapidité avait surpris la criminelle.

Elle courut à sa poursuite, mais le Munichois avait déjà disparu.

〜

L'aventurière décida aussitôt de se rendre dans l'atelier de Calisto. Un taxi en maraude la déposa d'abord gare Saint-Lazare. Afin de semer ses éventuels poursuivants, elle se perdit dans la foule et descendit dans le métro pour en remonter aussitôt et prendre un autobus jusqu'à l'Opéra. Un nouveau taxi l'amena ensuite à Montparnasse. Le chef n'étant pas chez lui, la criminelle erra dans le quartier jusqu'à l'heure de son rendez-vous avec Garth, à la sortie d'un cinéma du boulevard Raspail.

Ses pensées allaient vers son fils. Qu'adviendrait-il de lui si son échec était puni de mort ? Le temps lui manquait pour se rendre à Frépillon, et il lui était difficile de retenir ses larmes.

À 20 heures, l'intermédiaire regardait les photographies exposées dans le hall de la salle.

— Quels sont les ordres ? lui demanda-t-elle à mi-voix.

— Le travesti masculin vous va à ravir.

L'aventurière ne releva pas le compliment.

— Je vous écoute, Garth.

— Demain à minuit, la transaction se fera au Bal Nègre, rue Blomet. Vous serez en embuscade à l'entrée. Destouches sera à vous…

Il s'esquiva aussitôt sous la neige qui tombait en abondance. Amandine le regarda s'éloigner, puis retourna à l'atelier de Calisto. Elle espérait y trouver enfin Sigismond Adler. Quand la sonnette retentit chez le peintre, Garth venait juste d'arriver. Il ôta vite sa perruque et ses lunettes, enfila un long peignoir et reprit les traits de l'artiste en criant à son visiteur d'attendre.

— Je dois vous parler, dit l'aventurière quand son chef lui ouvrit.

— Quelque chose ne va pas ?

— Ludwig m'a échappé.

Le maître des Tarentules la fit entrer, verrouilla la porte et grimaça.

— C'est très embêtant...

Elle raconta l'expédition désastreuse chez Scalpel.

Il serrait les poings en l'écoutant.

Une telle faute méritait la mort.

— Je n'ai aucune excuse, reconnut Amandine.

— Vous connaissez la règle. Vos tentatives ratées d'assassinat sur Maxime Amalric et le millionnaire Destouches étaient déjà graves, mais avoir laissé fuir Ludwig dans la nature avec tout ce qu'il sait... C'est intolérable.

La jeune femme baissait la tête sans répondre.

— J'avais de grands projets pour vous, continua Adler. Quel gâchis !

Il la regardait avec une vague tendresse.

— Me laisseriez-vous quelques heures de sursis avant mon élimination ? demanda-t-elle sans grand espoir. Je voudrais mettre mes affaires en ordre.

— Dire adieu à votre fils ?

— Vous saviez ?

— Je ne serais pas digne de commander les Tarentules si j'ignorais ce genre de choses, ma chère. Rien ne m'échappe… C'est ma force.

Amandine était stupéfaite.

— Vous êtes diabolique.

— Non, je suis très intelligent et ne crois pas au hasard. Il est inutile que vous alliez embrasser votre enfant à Frépillon.

— Puis-je au moins faire le nécessaire pour payer sa pension jusqu'à ce qu'il soit majeur ?

— Ce ne sera pas nécessaire. Vous n'allez pas mourir. Toutes les règles ont leur exception. Vos fautes sont pardonnées. Ne me remerciez pas. J'ai besoin d'un lieutenant qui me soit entièrement dévoué. Ce sera vous.

L'aventurière éclata en sanglots.

— J'obéirai en tout.

— Commencez par arrêter de pleurer. C'est un signe de faiblesse. Garth vous a prévenue, pour demain soir ?

— Oui, et il m'a dit que le millionnaire serait pour moi.

— Je l'ai informé de cette exécution pour que vous ayez le champ libre.

Il lui ouvrit la porte en souriant.

Quand elle fut partie, le chef des Tarentules se sentit satisfait d'avoir fait preuve de clémence envers Amandine de Véramel. À présent, la jeune femme lui vouerait une reconnaissance à toute épreuve et lui obéirait aveuglément. Il comptait bien en profiter pour asseoir davantage sa puissance.

41

LES TIGRES NOIRS

Destouches détestait l'improvisation. Il préparait méticuleusement chaque cambriolage de Corentin et ne passait à l'acte que si les lieux étaient vides de leurs occupants. Cette fois, l'entreprise s'annonçait différente. Hartman lui avait remis un plan de la gentilhommière à Chantilly, mais l'emplacement du coffre-fort n'y était pas indiqué. Le trouver prendrait du temps. L'opération s'avérait donc plus risquée qu'à l'habitude.

Un appel téléphonique de Lulu la Biche troubla sa concentration.

— Le Dr Scalpel a été égorgé tout à l'heure, lui dit-elle. Les sentinelles de la pègre ont vu un individu au visage couvert de pansements qui s'enfuyait par le jardin avec un jeune homme à ses trousses. L'un et l'autre ont échappé à la filature entreprise par les mendiants. Henri le Dandy essaie de mettre la main sur Hans l'Alsacien. Votre ami Grenier est sur les lieux du crime.

Le détective soupira.

— Ce brave Cyprien ne trouvera rien…

Il raccrocha le combiné avec lassitude.

À 2 heures du matin, il pénétra dans la demeure du comte, examina les pièces du rez-de-chaussée, repéra le bureau, l'inspecta longuement et ne put situer la cachette du coffre. Soudain, des bruits de voix derrière la porte lui parvinrent. Il eut juste le temps de se dissimuler derrière les rideaux d'une large fenêtre avant qu'Aimé de Telsian pénètre dans la pièce en compagnie d'un homme au visage partiellement recouvert de bandages.

Adrien les observa de sa cachette et écouta leur conversation.

— Votre visite m'a d'abord surpris, dit le noble à son interlocuteur. J'ai cru à une mauvaise ruse. Ludwig von Strongberg débarquant chez moi afin que je l'aide à échapper aux Tarentules dont il est un des principaux membres…

— Mon chef a ordonné ma mort.

— Vous m'avez déjà raconté tout ça.

— Je pourrais rendre de grands services à vos amis des Tigres noirs.

— Ce ne sont pas des truands. Ils se battent pour une cause.

— Je partage leurs idées sur la suprématie de la race blanche et le besoin d'imposer un ordre nouveau au monde. Plusieurs fois, je suis intervenu pour que certains savants et documents en notre possession ne tombent pas dans les mains de leurs ennemis. J'ai même essayé de convaincre le chef des Tarentules de fusionner avec eux, mais il refuse de se mêler de politique et…

Le comte l'interrompit

— Cessez de plaider votre cause. Pendant que je vous retenais captif dans le grenier, j'ai pu joindre Otto Bluttwangman, qui est de passage à Paris. Il m'a convaincu à votre sujet. Dans cinq minutes, une voiture va venir pour vous conduire à l'ambassade d'Italie où un membre des Tigres noirs décidera de votre sort. Je ne peux ni ne veux faire davantage. Mon rôle est mineur dans cette organisation secrète.

Quelqu'un sonna à la porte du jardin.

— Ils sont en avance, constata le noble.

Destouches les vit sortir du bureau, mais se garda de quitter sa cachette.

Dix minutes plus tard, Aimé de Telsian revint dans la pièce en tenant une grosse enveloppe à la main. Il souleva l'encrier de bronze posé sur la table. Le mur de droite coulissa, dévoilant un grand coffre encastré dans la pierre.

Sept chiffres à espace éloigné, compta mentalement Adrien tandis que le comte composait la combinaison.

Après avoir mis le document en sûreté, le noble appuya sur un chenet de l'âtre et la cloison reprit sa place initiale.

Il éteignit les lampes et monta dans sa chambre.

Le détective patienta un long moment avant de s'attaquer au coffre-fort. Ce qu'il venait d'entendre le troublait. Il ignorait tout de l'existence des Tigres noirs. Quand il estima que le comte devait être couché, il se mit au travail, mais passa plus de trente minutes à ouvrir le coffre. Des liasses de dollars y étaient empilées. Épuisé par l'effort, Destouches essuya la sueur qui trempait son front, prit le sac enroulé autour de sa taille, y entassa le butin, traça « Corentin » sur le mur de gauche et gagna la rue en ployant sous son fardeau. Hartman lui avait demandé d'apporter les documents de toute urgence. Il roula donc jusqu'au square Louis-XVI.

Le chef des services secrets le fit entrer dans son appartement.

— Vous êtes chargé comme un docker.

— Je n'allais pas laisser tout cet argent dans la voiture. Un voleur aurait pu s'en emparer. Les gens sont tellement malhonnêtes.

— Tout le monde n'est pas Corentin, ironisa le moustachu en compulsant les dossiers dérobés à Chantilly. Voyons ce qu'il y a d'intéressant là-dedans. Je découvre la liste des cotisants à l'Association pour l'aide à la propagation de l'idéal national... Des rapports sur les faits et gestes des socialistes et des communistes notoires...

Destouches s'écroula dans un fauteuil.

— Le comte de Telsian travaille pour une organisation dont je n'ai jamais entendu parler. Les Tigres noirs, ça vous dit quelque chose ?

Hartman abandonna les dossiers en écarquillant les yeux.

Adrien lui relata la conversation échangée entre le noble et Ludwig.

Quand il eut terminé, son interlocuteur fit les cent pas dans la pièce.

— C'est un groupe de fascistes italiens ? demanda le détective.

Le chef des services secrets fit un signe négatif de sa main valide.

— Pas du tout. Mussolini les craint, comme tous ceux qui travaillent avec eux. Les Tigres noirs veulent éradiquer les races qui ne sont pas blanches, tuer les Arabes, les Noirs, les Jaunes, les Juifs et les Indiens. C'est la raison pour laquelle ils financent toutes les ligues antisémites, le Ku Klux Klan et bien d'autres… Contrairement aux Tarentules, ils refusent de négocier avec les démocraties. Quand ils enlèvent un savant, c'est pour le tuer ou l'obliger à travailler pour eux. Je n'ai aucun moyen de pression sur ces fanatiques. Même Garth ne peut rien faire dans ce domaine. Heureusement que vous avez signé le cambriolage du nom de Corentin et que je suis le seul à savoir qu'il s'agit de vous. S'ils apprenaient votre double identité, votre mort serait certaine. À côté d'eux, Amandine de Véramel et les Tarentules sont des amateurs.

Le millionnaire frémit en écoutant ce soliloque.

— Impossible de récupérer Ludwig von Strongberg ?

— Une ambassade est un lieu extraterritorial, Adrien. Rien à faire…

— Pensez-vous qu'Aimé de Telsian voulait acheter l'invention du professeur Croquet pour ces dangereux terroristes.

— J'en ai peur… C'est pourquoi ils vont haïr Corentin.

— Mais qu'auraient-ils fait de ce canon de la mort ?

— La conquête du monde, mon ami.

42

TRAGÉDIE NOCTURNE

Comme il s'y attendait, le détective reçut la visite du commissaire Grenier le lendemain matin.

— Corentin a encore frappé, fulmina le policier. Et sa victime n'est pas le premier venu. C'est le comte de Telsian. Il possède des amis hauts placés. J'ai intérêt à démasquer ce cambrioleur si je veux conserver ma place !

— Ne vous inquiétez pas, Cyprien. Sa plainte sera certainement retirée à cause de la nature des documents contenus dans son coffre-fort.

— Je sais… Il finance des ligues de factieux. D'ailleurs, ce n'est pas pour cette affaire que je suis venu vous voir. Le bossu Scalpel a été assassiné.

— Tous les journaux du matin en font mention. Les chiens empoisonnés… Pas de vol… Des dizaines de sacs d'or retrouvés dans sa baignoire…

— J'en perds mon latin, bien que je n'aie jamais appris cette langue.

— La pègre doit rechercher le meurtrier. Scalpel leur était très utile.

— Je suis prêt à collaborer avec vos amis du milieu.

— Sans vouloir vous vexer, ils n'ont pas besoin de votre aide.

Grenier grimaça et s'en alla tout penaud.

En le reconduisant à la porte de son hôtel particulier, Adrien trouva une enveloppe contenant une invitation pour le Bal Nègre à minuit.

La carte de visite de Garth y était accrochée.

～

Au même moment, Sigismond Adler décidait d'abandonner définitivement l'identité du peintre Calisto, parce que Ludwig von Strongberg la connaissait. Il devinait que le Munichois allait rallier les Tigres noirs. Ces fanatiques détestaient sa bande et ne traitaient avec elle qu'en cas d'extrême nécessité. Ils seraient donc ravis de s'attaquer aux Tarentules pour les détruire. Adler avait prévu cette éventualité depuis longtemps. À l'insu du Munichois, ses précautions étaient déjà prises et il rallierait Londres après la transaction nocturne pour y diriger l'organisation sur de nouvelles bases.

Sa fatigue était grande.

Après la visite d'Amandine de Véramel, il avait envoyé plusieurs pigeons pour avertir ses lieutenants de la trahison de von Strongberg afin de sécuriser son réseau, puis, grimé en Garth, il avait loué une suite dans un hôtel place Vendôme, porté ensuite les invitations pour le Bal Nègre aux six meilleurs enchérisseurs et s'était couché au petit matin sans trouver le sommeil.

La perspective de lutter contre les Tigres noirs l'inquiétait.

～

Assis dans le fond de la salle d'un petit café de la rue Germain Pilon, Henri le Dandy tentait de calmer sa colère. Ayant débusqué Hans l'Alsacien, Louis la Terreur avait voulu le capturer tout seul et le membre des Tarentules s'était alors fait sauter le visage et les mains à la grenade. La seule piste menant à l'assassin du Dr Scalpel n'existait donc plus.

∿

Rue Fontaine, le professeur Horace Croquet travaillait sereinement à son projet de machine d'irrigation révolutionnaire. Il avait prévenu le ministère de la Guerre de ne plus compter sur lui pour le canon meurtrier. Sa décision était irrévocable.

∿

Bertrand Hartman déjeunait chez lui avec Éric. Il lui demanda de veiller sur Adrien Destouches. Le jeune homme promit de s'acquitter au mieux de cette mission.

∿

Dans un local secret de l'ambassade d'Italie, Ludwig von Strongberg ne se privait pas de donner toutes les informations qu'on lui demandait au sujet des Tarentules. Son zèle séduisait ses interlocuteurs. Ils décidèrent d'en faire un Tigre noir et organisèrent son transfert à Rome.

∿

À la nuit tombée, Amandine de Véramel embrassa affectueusement son fils et regagna Paris par le train. La jeune femme espérait pouvoir enfin accomplir sa vengeance. Vers 11 heures du soir, déguisée en clocharde, elle gara une voiture volée en face du Bal Nègre, choisit un porche situé devant la porte d'entrée, s'y accroupit, sortit de sa robe en lambeaux une sarbacane et des fléchettes trempées dans le curare, puis feignit le sommeil.

Un peu avant minuit, Garth entra dans l'établissement à la mode.

Il se dirigea vers la table réservée à son nom et salua les six personnes qui l'attendaient.

Otto Bluttwangman lui jeta un regard furieux.

— Me faire venir dans ce repère de négros…

— Ils font de la bonne musique, rétorqua l'intermédiaire. Du jazz.

— C'est trop bruyant, se plaignit Akira Shindo.

— Vous n'êtes pas modernes, ricana le pacifiste Manuel Rocha…

Assis à côté de Youri Malioff, le Turc Ahmed Gurtu s'impatienta.

— Procédons aux enchères.

L'Italien Guido Codelli et Destouches tendirent leur papier.

Tous firent de même.

Garth les examina, réalisa que Bluttwangman avait gagné, mais se tourna vers Adrien.

— Vous êtes vainqueur…

Il lui remit les faux plans de Croquet, se leva, saisit la mallette apportée par le détective et quitta les lieux, aussitôt suivi par les perdants.

Dehors, Amandine vit le groupe sortir du Bal Nègre.

Alors qu'Adrien retirait son manteau et son chapeau du vestiaire, le fils de Bertrand Hartman se dirigea vers lui.

— Je suis venu pour vous couvrir en cas de problèmes.

La rue Blomet était redevenue déserte, à l'exception d'un homme aux cheveux blancs qui marchait lentement sur le trottoir. Les yeux rivés sur la porte du cabaret, la meurtrière saisit une fléchette, mais le promeneur se rua sur elle en brandissant une hache. Amandine de Véramel poussa un cri de surprise à l'instant même où le détective et son compagnon apparaissaient sur le seuil de l'établissement. Le millionnaire comprit aussitôt la situation. Il bondit en direction du porche et arrêta le bras du dément. Éric accourut pour l'aider à maîtriser le tueur.

Profitant de la confusion, l'aventurière décida de piquer Destouches avec la pointe empoisonnée, mais elle toucha le fils du chef des services secrets, qui s'écroula aussitôt sur le pavé.

Adrien assomma son adversaire, puis alla se pencher sur le jeune homme, constata sa mort, se retourna vers la clocharde et la vit en train de souffler dans la sarbacane.

Le projectile s'enfonça dans les faux plans du professeur Horace Croquet, sans atteindre la peau du détective.

Il plongea sur la meurtrière et la désarma. Se sentant perdue, Amandine extirpa une grenade de son corsage pour obéir à la règle des Tarentules, hésita en pensant à son enfant, puis fit sauter la goupille. Le millionnaire lui arracha l'engin de mort et l'envoya au loin.

Le bruit de l'explosion ameuta les clients du Bal Nègre.

— Appelez vite une ambulance, et prévenez la police, leur cria Destouches. Cette femme et cet homme sont des assassins.

43

ÉCHEC À LA JUSTICE

L e commissaire Grenier posait pour le photographe de *Paris Monde Soir* en répondant aux questions de Natacha Berger. Comme à son habitude, Adrien avait reporté sur le policier le mérite de l'arrestation du tueur de clochards en lui faisant jurer de ne pas mentionner celle d'Amandine de Véramel. Malgré ses doutes, la journaliste notait tous les mensonges du fonctionnaire et se réservait cependant le droit de rendre ensuite visite au millionnaire.

Menottée dans une pièce voisine, l'aventurière refusait de répondre aux questions des inspecteurs. Elle attendait stoïquement son exécution par un des membres de la bande infiltrée dans les services de la police criminelle. Selon ses informations, ils étaient encore plusieurs à espionner ainsi pour les Tarentules, sans se connaître les uns les autres. Cette étanchéité expliquait leur difficulté à l'éliminer. D'ailleurs, conscient de ce danger, Destouches avait conseillé au commissaire de ne pas la laisser seule. Six hommes l'entouraient donc en permanence.

La voix de Grenier lui parvenait de derrière la cloison car il parlait très fort.

— Avec moi, les assassins n'ont qu'à bien se tenir. En quelques jours, j'en ai arrêté trois. Et ce n'est pas fini. L'enquête sur le meurtre de Scalpel avance à pas de géant. Bientôt, l'insaisissable Corentin sera sous les verrous.

— Mais il n'a tué personne, protesta Natacha Berger.

— C'est quand même un criminel. Le vol est un délit…

— Ses deux dernières victimes ont retiré leurs plaintes.

— Leur décision n'arrêtera pas l'action de la justice.

— Est-ce que le tueur de clochards a fait ses aveux ?

— Oui, mademoiselle, il s'est épanché auprès de moi comme auprès d'un confesseur. Nous avons trouvé des mains tranchées à son domicile. Pour expliquer ses actes, il m'a dit vouloir nettoyer Paris de tous ses rebuts. Maintenant, j'ai du travail.

La jeune femme referma son calepin et soupira.

— À quand la retraite, commissaire ?

— Jamais, j'espère…

— C'est ce que je craignais.

Elle sortit du bureau en levant les yeux au ciel.

— Vous allez certainement obtenir une promotion, dit alors l'inspecteur Muche à Cyprien.

— Il serait temps !

Un homme âgé entra dans le bureau.

— Le ministre m'envoie. Je suis Joachim Darien.

Le policier minauda.

— Il veut me féliciter ?

— Sans doute, mais pas maintenant… Pouvons-nous être seuls ?

Grenier renvoya Muche.

Son visiteur baissa la voix.

— Vous devez me confier la femme arrêtée cette nuit. Nous savons qu'elle appartient à la bande des Tarentules et désirons l'interroger dans le secret. J'espère que vous n'avez rien dit sur elle aux journalistes ? Ce serait fâcheux alors que le président de la République s'apprête à vous décorer de la Légion d'honneur pour vos récents exploits.

— Soyez sans crainte… Personne ne sait qu'elle est ici.

— Très bien, mais je dois la prendre en charge immédiatement et, surtout, le plus discrètement possible. Ma voiture est garée dans la cour de votre commissariat. Je descends vous y attendre. Amenez-moi la prisonnière, sans escorte. Il serait regrettable qu'un policier travaillant pour sa bande en profite pour l'abattre. Vous connaissez leur règle ?

Cyprien afficha un air assuré.

— Je m'en occupe.

Joachim Darien le regarda avec admiration.

— Vous êtes une bénédiction pour les gens comme moi.

Le commissaire rougit sous le compliment et l'homme du ministère sortit du bureau pour regagner son automobile.

~⤙~

Grenier entra dans la pièce où Amandine de Véramel était enfermée.

— Laissez-nous, dit-il à ses inspecteurs. Et plus personne derrière la porte. Allez déjeuner.

— Mais il est 10 heures du matin, chef.

— Que ça ne vous coupe pas l'appétit, déclara Cyprien d'un ton péremptoire.

Ils obéirent en échangeant des regards surpris.

L'aventurière restait impassible.

Le commissaire se pencha à son oreille.

— Je ne prends pas le risque de vous ôter les menottes. Laissez-moi faire sans tenter quoi que ce soit. Surtout, pas un cri.

Elle le vit s'agenouiller pour lui ôter ses vieux croquenots de clocharde, puis la chausser de brodequins d'agent de police.

— Levez-vous, dit-il alors en prenant un képi sur la patère. Cela va cacher vos cheveux. Maintenant, je dois vous enlever la jupe pour vous enfiler un pantalon de gardien de la paix.

Plus intriguée qu'inquiète, Amandine se laissa faire…

Une pèlerine acheva le travestissement.

— Maintenant, voyons si la voie est libre jusqu'aux escaliers.

Il ouvrit la porte et sourit de n'y voir personne.

La meurtrière le suivit jusque dans la cour où Joachim Darien attendait au volant de sa voiture.

— Montez vite, ordonna Cyprien en ouvrant la portière arrière. Vous allez au ministère pour un interrogatoire secret.

L'automobile démarra sous ses yeux satisfaits.

— Ne calculez pas le moyen de fuir, dit le chauffeur à sa passagère. C'est inutile, car c'est ce que nous sommes en train de faire.

Elle reconnut la voix de Sigismond Adler.

— Vous êtes venu me chercher pour me punir ?

— Ma chère Amandine, je vous pardonne encore. Aimez-vous Londres ?

— Pourquoi cette question ?

— Parce que nous filons directement à Douvres. Un bateau nous fera passer en Angleterre cette nuit. Dorénavant, vous êtes mon second, ma petite.

44

FIN DE PARTIE

A drien Destouches offrit une coupe de champagne à
Natacha Berger, mais il refusa de répondre à ses
questions indiscrètes.

— L'essentiel est que des criminels soient maintenant
sous les verrous. Laissez donc la gloire au commissaire
Grenier.

— Une journaliste se doit de publier la vérité, pro-
testa-t-elle.

— Vous pensez que je suis un héros, mais si mon rôle
exact était révélé dans toutes ces affaires, cela m'empê-
cherait d'agir à l'avenir.

— Des clients du Bal Nègre ont déclaré qu'il y avait
eu un mort pendant l'arrestation du tueur de clochards.
Et aussi une femme qui…

— Par amitié pour moi, oubliez ces deux faits. Ils
relèvent du secret d'État.

Elle but le verre de veuve-clicquot et prit congé
du millionnaire tandis que la sonnerie du téléphone
retentissait.

Il attendit que la journaliste soit montée dans l'ascenseur hydraulique pour décrocher le combiné.

Cyprien Grenier bafouilla au bout du fil.

— J'ai fait une bévue, Adrien.

— Encore…

— Mais celle-là, elle est grosse. Votre criminelle s'est évadée. Enfin je l'ai mise dans la voiture d'un faux représentant du ministère et voilà… Comme je pensais avoir commis un acte remarquable pour le gouvernement, je me suis permis d'appeler personnellement le ministre en fin de journée pour savoir si l'interrogatoire dans ses bureaux s'était bien passé. Alors, le ciel m'est tombé sur la tête. Le gouvernement n'avait envoyé personne au commissariat. Pour mon avancement, c'est à l'eau… Et votre Tarentule est partie dans la nature. J'ai tellement peur des conséquences que je fais une nouvelle jaunisse. D'ailleurs, je vous appelle de l'hôpital. Je ressemble à un Chinois.

— Soignez-vous bien, dit Destouches en raccrochant.

Il alla à la fenêtre et regarda longtemps la neige qui blanchissait les toits.

~

La nuit tombait quand quelqu'un sonna à la porte de l'hôtel particulier.

Le détective descendit les escaliers et découvrit Bertrand Hartman sur le perron.

— Vous êtes au courant de la gaffe du commissaire Grenier ? demanda le chef des services secrets.

— Il vient de me l'avouer au téléphone. Venez vous réchauffer.

Ils gravirent les marches jusqu'au bureau du millionnaire.

— La mort tragique de mon fils m'a fait comprendre combien j'ai eu tort de me servir de vous, déclara le moustachu en se laissant choir sur une chaise.

Le détective s'installa dans son fauteuil rouge et resta silencieux.

— Votre oncle m'a tout raconté de ses activités de cambrioleur, continua Bertrand Hartman. Il regrettait beaucoup de vous avoir appris comment voler autrui. Lors de son agonie au front, je lui ai promis de veiller sur vous si je revenais vivant de la guerre. Mais des missions d'espionnage ne me l'ont pas permis tout de suite. J'ai retrouvé votre trace quand vous êtes revenu du Japon. Et Corentin a commencé ses exploits… Nous avons parlé du reste… Alors, voilà, le décès d'Éric m'a fait prendre une décision qui va contre les intérêts du pays. Officiellement, vous avez offert les faux plans de Croquet à l'État français. Les espions du monde entier vous laisseront donc tranquille. Et moi aussi… Je ne me servirai plus jamais de vous…

Destouches se leva, ouvrit un tiroir de son secrétaire et en retira les vrais plans du savant.

— Le professeur a menti en disant qu'il n'avait pas achevé son invention. Son véritable secret, c'était que l'on pouvait construire ce canon de la mort. Dites-lui qu'il n'a plus à craindre que cette arme soit fabriquée.

Il jeta les feuilles dans les flammes de l'âtre.

— Je pense que ça lui fera plaisir, déclara le moustachu.

— Cependant, monsieur Hartman, j'ai maintenant un compte à régler avec les Tarentules, et l'existence des Tigres noirs m'interpelle. Aussi, j'exige de continuer à travailler pour les services secrets français, mais à la condition de ne pas avoir à tuer. En quelque sorte, je deviens, non seulement détective et voleur, mais espion.

Adrien se tut et contempla les pages qui brûlaient dans la cheminée.

TABLE

MOULOUD AKKOUCHE – *LE SILENCE DES GÉANTS*

Lorsqu'il était adolescent, le père de Julie, avec un de ses amis, a laissé pour mort un jeune homme au retour d'une fête bien arrosée. En réalité, l'homme a été sauvé… mais il a perdu la mémoire. Julie part à sa recherche pour lui rendre son passé… (256 pages / 14,95 € / septembre 2009)

Né à Montreuil en 1962, Mouloud Akkouche écrit des nouvelles et des romans pour la collection « Le Poulpe » (Baleine) et la Série noire… Il est aussi l'auteur de pièces radiophoniques pour France Inter.

JEAN-LUC BIZIEN – *WONDERLANDZ*

Malgré son apparence humaine, Bruce Wayne est un dragon. Comment a-t-il traversé les millénaires ? En se nourrissant de l'imaginaire des écrivains. Pour se régénérer encore, il s'attache une jeune fille qui se retrouve entraînée dans cette redoutable aventure… (304 pages / 14,95 € / mai 2009)

Né au Cambodge en 1963, Jean-Luc Bizien a créé des jeux de rôles qui lui ont valu un succès international. Il est l'auteur de nombreux livres jeunesse et adulte.

LORRIS MURAIL – *CE QUE DISENT LES NUAGES*

Colin entend parler les anges… Ses parents, effrayés par ce don, le confient à un ancien prêtre. Mais cet homme entretient d'obscures relations avec un milliardaire sans scrupule. Lequel pressent qu'il deviendra bientôt impossible de vivre sur terre… (416 pages / 15,95 € / mai 2009)

Né en 1951 au Havre, Lorris Murail publie son premier roman (pour adultes) à vingt-cinq ans. Il est l'auteur de nombreux livres de littérature jeunesse et de séries à succès coécrites avec ses sœurs Elvire et Marie-Aude.

ANNE-MARIE POL – *L'AMOUR FANTÔME*

Lorsqu'elle rencontre Ivan des Barres, écrivain à succès, c'est le coup de foudre. Agnès a dix-neuf ans et se marie sans attendre. Ivan l'emmène dans son vieux château de famille délabré. Et le rêve vire rapidement au cauchemar, car un secret les sépare… (208 pages / 13,50 € / novembre 2009)

Née au Maroc, Anne-Marie Pol a été mannequin et actrice avant de réaliser son rêve : écrire. Traduits dans plusieurs langues, ses textes sont d'une grande authenticité.

MARIE BERTHERAT – *RENDEZ-VOUS À LA DATCHA*

Mouchka a perdu sa mère lors du braquage d'un magasin. Cet été-là, elle tombe sous le charme de Gabriel qui vient d'apprendre que son père est mort… et était l'auteur du braquage ! Rongé par la culpabilité, Gabriel décide de s'enfuir. Mouchka pourra-t-elle lui pardonner ? (208 pages / 13,50 € / novembre 2009)

Marie Bertherat est journaliste et écrivain. On lui doit notamment La Fille au pinceau d'or *(Bayard Jeunesse), qui a connu un vif succès, ainsi que* N, princesse rebelle *(Seuil Jeunesse).*

Cet ouvrage a été composé
par Atlant'Communication
aux Sables-d'Olonne (Vendée)

Impression réalisée par

ROSÉS

en juillet 2009

pour le compte des Éditions de l'Archipel
département éditorial
de la S.A.S. Écriture-Communication

Loi n° 49-956 du 16 juillet 1949 sur les publications destinées à la jeu

Imprimé en Espagne
Dépôt légal : septembre 2009